金瓶梅詞話
萬曆本
四
U0064250

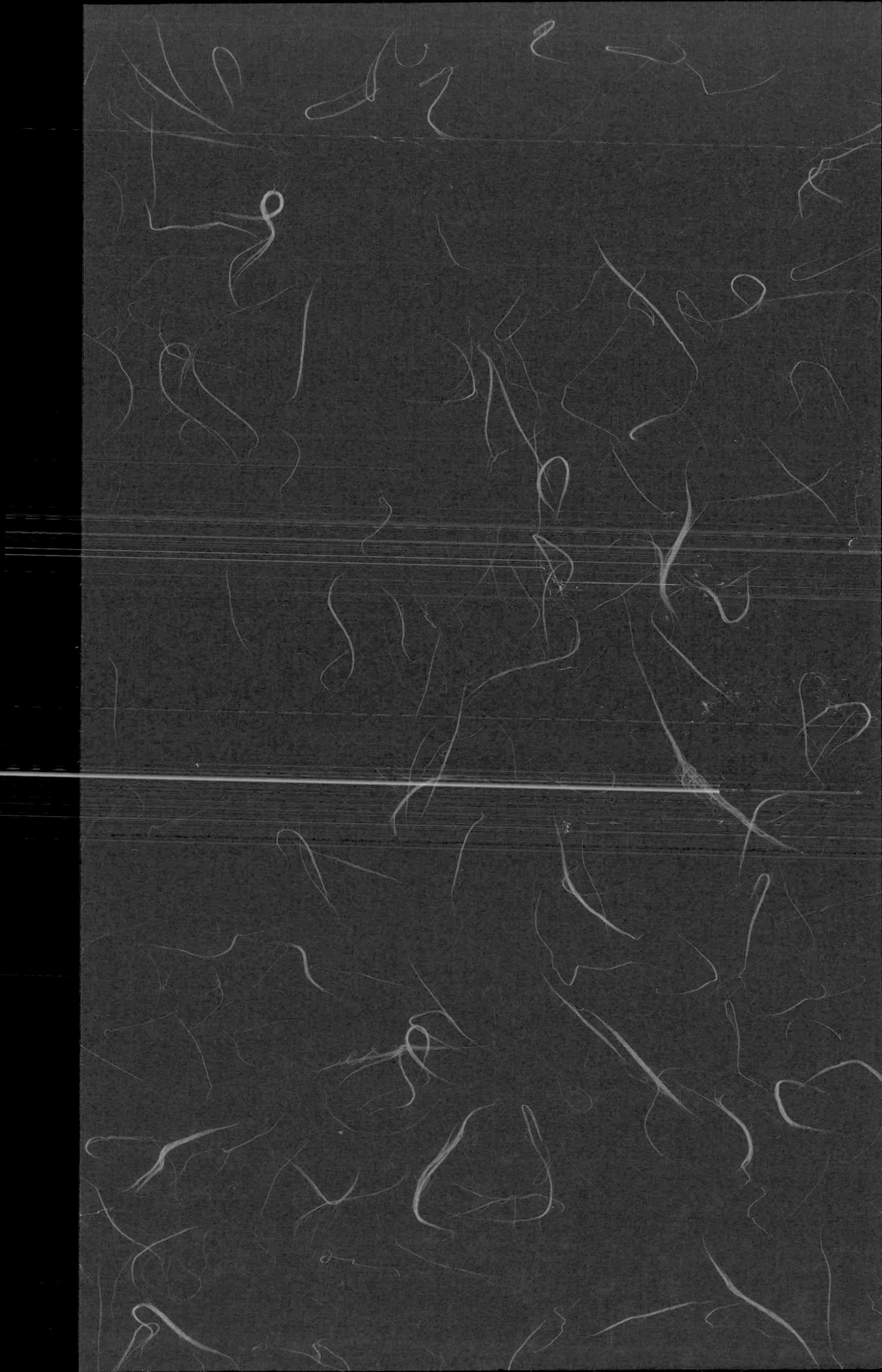

第十七回　宇給事劾倒楊提督

李瓶兒許嫁蔣竹山

第十七回

宇給事劾倒楊提督　李瓶兒招贅蔣竹山

記得書齋乍會時　雲蹤雨跡少人知

晚來鸞鳳棲雙枕　剔盡銀燈半吐輝

思往事　夢魂迷　今宵幸得效于飛

話說五月二十日。帥府周守備生日。西門慶那日封。五星分資兩方手帕。打選衣帽齊整。騎着大白馬、四個小廝跟隨。往他家拜壽。席間也有夏提刑。張團練。荊千戶。賀千戶。一般武官兒飲酒。鼓樂迎接。搬演戲文。只是四個唱的遞酒。玳安接了衣裳回馬來家。到日西時分。又騎馬接去。走到西街口上。撞見馮媽媽問道。馮媽媽那裡去。馮媽媽道。你二娘使我來請你爹來。顧銀匠整理頭面完備。今日拿盒送來。請你爹那裡瞧去。你二娘還和你爹說話哩。玳安道。俺爹今日都在守備府周老爹吃酒。我如今接去。你老人家回罷。等我到那裡對爹說就是了。馮媽媽道。累你。好歹說聲。你二娘等着哩。這玳安打馬逕到守備府。衆官員正飲酒在熱鬧處。玳安走到西門慶席前。說道。小的回馬家來時。在街口撞遇馮媽媽。二娘使了來說。顧銀匠送了頭面來了。請爹瞧去。還要和爹說話哩。西門慶聽了。拿了些點心湯飯與玳安吃了。就要起身。那周守備那裡肯放。攔門拿巨杯相勸。西門慶道。蒙大人見賜。寧可飲一杯。還有些小事。不能盡情。恕罪恕罪。于是一飲而盡。作辭周守備。上馬逕到李瓶兒家。婦人接着。茶湯畢。西門慶分付玳安回馬家去。明日來接。玳安去丫。李瓶兒叫迎春盒兒取出頭面來。與西門慶過目黃烘烘火焰般。一付好頭面收過去。单等二十四日行禮出月初四日准娶婦人滿心歡喜。連忙安排酒來。和西門慶暢飲開懷。吃了一回使丫鬟房中搽抹凉蓆乾淨。兩個在紗帳之中。香焚蘭麝衾展鮫綃脫去衣裳。並肩疊股。飲酒調笑良久。春色横眉淫心蕩漾。西門慶先和婦人雲雨一回。然後乘着酒興坐于牀上。令婦人横躺於衽席之上。與他品簫但見

紗帳香飄蘭麝　蛾眉輕把簫吹
雪白玉體透簾幃　禁不住魂飛魄颺
一點櫻桃小口　兩隻手賽柔荑
才郎情動囑奴知　不覺靈犀味美

西門慶于是醉中戲問婦人。當初有你花子虛在時。也和他幹此事不幹。婦人道。他逐日睡生夢死。如那裡耐煩和他幹這營生。他每日只在外邊胡撞。就來家。奴等閒也不和他沾身。況且老公公在時。和他另在一間房睡着。我還把他罵的狗血噴了頭。好不好。對老公公說了。要打白棍兒也不筭人。甚麼才料兒。奴與他這般頑耍。可不砢磣殺奴罷了。誰似冤家這般可奴之意。就是醫奴的藥一般。白日黑夜。教奴只是想你。兩個要一回。又幹了一回。傍邊迎春伺候下。一個小方盒都是各樣細巧果仁。肉心。鷄鵝腰掌。梅桂菊花餅兒。小金壺內滿泛瓊漿。從黃昏掌上燈燭。且幹且飲。直要到一更時分。只聽外邊一片聲打的大門响。使馮媽媽開門瞧去。原來是玳安來了。西門慶道。我分付明日來接我這咱晚又來做甚麼因叫進房來問他那小厮慌慌張張走到房門首西門慶與婦人睡着又不敢進來只在簾外說話說道姐姐姐夫都搬來了許多箱籠在家中大娘使我來請爹快去計較話哩這西門慶聽了只顧猶豫這咱晚端的有甚緣故須得到家瞧瞧連忙起來婦人打發穿上衣服做了一盞暖酒與他吃打馬一直來家只見後堂中秉着燈燭女兒女婿都來了堆着許多箱籠床帳家活先吃了一驚因問怎的這咱來家女婿陳經濟磕了頭哭說近日朝中俺楊老爺被科道官參論倒了 聖旨下來拿送南牢問罪門下親族用事人等都問擬枷號充軍昨日府中楊幹辦連夜奔走透報與父親知道父親慌了教兒子同大姐和些家活箱籠就且暫在爹

家中寄放躲避些時。他便起身。往東京我姑娘那裡。打聽消息去了。待的事寧之日。恩有重報不敢有忘。西門慶問你爹有書沒有。陳經濟道有書在此。向袖中取出。遞與西門慶拆開觀看。上面寫道。

眷生陳洪頓首書奉

大德西門親家見字。餘情不叙。茲因北虜犯邊。搶過雄州地界。兵部王尚書不發人馬。失悞軍機。連累朝中楊老爺俱被科道官參劾太重。

聖旨惱怒。拿下南牢監禁。會同三法司審問。其門下親族用事人等。俱照例發邊衛充軍。生一聞消息。舉家驚惶。無處可投。先打發小兒令愛。隨身箱籠家活。暫借親家府上寄寓。生即上京投在家姐夫張世廉處。打聽示下。待事務寧帖之日

同家恩有重報不敢有忘誠恐縣中有甚聲色生令小兒另
外具銀五百兩相煩親家費心處料容當叩報沒齒不忘燈
下草草不宣　　仲夏二十日洪再拜
西門慶看了慌了手腳教吳月娘安排酒飯管待女兒女婿就
令家下人等打掃廳前東廂房三間與他兩口兒居住把箱籠
細軟都收拾月娘上房來陳經濟取出他那五百兩銀子交與
西門慶打點使用西門慶叫了吳主管來與了他五兩銀子教
他連夜往縣中孔目房裡抄錄一張東京行下來的文書邸報
上面端的寫的是甚言語
兵科給事中宇文虛中等一本懇乞宸斷亟誅誤國權奸以
振本兵以消虜患事臣聞夷狄之禍自古有之周之玁狁漢

之匈奴。唐之突厥。迨及五代而契丹。浸強又我 皇宋建國
大遼縱橫中國者。已非一日。然未聞內無夷狄而外萌夷狄
之患者。諺云。霜降而堂鐘鳴。雨下而柱礎潤。以類感類。必然
之理。譬猶病夫至此。腹心之疾已久。元氣內消。風邪外入。四
肢百骸無非受病。雖盧扁莫之能救焉。能久乎。今天下之勢
正猶病夫尫羸之極矣。君猶元首也。輔臣猶腹心也。百官猶
四肢也。 陛下端拱於九重之上。百官庶政各盡職于下。元
氣內充。榮衛外扞。則虜患何由而至哉。今招夷虜之患者。莫
如崇政殿大學士蔡京者。本以憸邪奸險之資。濟以寡廉鮮
恥之行。讒諂面諛。上不能輔君當道。贊元理化。下不能宣德
布政。保愛元元。徒以利祿自資。希寵固位。樹黨懷奸。蒙蔽欺

君中傷善類忠士爲之解體四海爲之寒心聯翩朱紫萃聚一門邇者河湟失議主議伐遼內割三郡郭藥師之叛失陷卒致金虜背盟憑陵中夏此皆誤國之大者皆由京之不職也王黼貪庸無賴行此俳優蒙京汲引薦居政府未幾謬掌本兵惟事慕位苟安終無一籌可展邇者張達殘於太原爲之張皇失散今虜之犯內地則又挈妻子南下爲自全之計其誤國之罪可勝誅哉楊戩本以紈袴膏梁叨承祖蔭憑籍寵靈典司兵柄濫膺閫外大姦似忠怯懦無比此三臣者皆朋黨固結內外萌蔽爲

陛下腹心之蠹者也數年以來招災致異喪本傷元役重賦煩生民離散盜賊猖獗夷虜犯順天下之膏腴已盡國家之紀綱廢弛雖擢髮不足以數京等

之罪也臣等待罪該科備員諫職徒以目擊奸臣誤國而不爲　皇上陳之則上辜君父之恩下負平生所學伏乞
宸斷將京等一干黨惡人犯或下廷尉以示薄罰或寘極典以彰顯戮或照例枷號或投之荒裔以禦魑魅庶天意可回人心暢快國法已正虜患自消天下幸甚臣民幸甚奉
聖旨蔡京姑留輔政王黼楊戩便拿送三法司會問明白來說欽此欽遵續該三法司會問過犴黨惡人犯王黼楊戩本兵不職縱虜深入荼毒生民損兵折將失陷內地律應處斬手下壞事家人書辦官掾親黨董升盧虎楊盛龐宣韓宗仁陳洪黃玉賈廉劉盛趙弘道等查出有名人犯俱問擬枷號一個月滿日發邊衛充軍

西門慶不看萬事皆休看了耳邊廂只聽颼的一聲魂魄不知往那裡去了就是驚損六葉連肝肺諕壞三毛七孔心慌忙打點金銀寶玩馱裝停當把家人來保來旺叫到臥房中悄悄分付如此如此這般這般顧頭口星夜上東京打聽消息不消到爾陳親家家爹下處但有不好聲色取巧打點停當速來回報已與了他二人二十兩盤纏絕早五更顧脚夫起程上東京去了不在話下西門慶通一夜不曾睡着到次日早分付來昭賁四把花園工程止住各項匠人都且回去不做了每日將大門緊閉家下人無事亦不敢往外去隨分人叫着不許開西門慶只在房裡動旦走出來又走進去憂上加憂悶上添悶如熱地蚰蜒一般把娶李瓶兒的勾當丟在九霄雲外去了吳月娘見

他每日在房中。愁眉不展。面帶憂容。便說道。他陳親家那邊爲事。各人寃有頭債有主。你平白焦愁些甚麽。西門慶道。你婦人知道些甚麽。陳親家是我的親家。女兒女婿。兩個業障搬來。咱家住着。這是一件事。平昔街坊隣舍。惱咱的極多。常言機兒不快梭兒快。打着羊駒驢戰。倘有小人指戳。拔樹尋根。你我身家不保。正是關着門兒家裡坐。禍從天上來。這裡西門慶在家。納悶不題。且說李瓶兒等了一日兩日。不見動靜。一連使馮媽媽來了兩遍。大門關得鐵桶相似。就是樊噲也撞不開。等了半月。沒一個人牙兒出來。竟不知怎的。看看到廿四日。李瓶兒又使馮媽媽送頭面來。就請西門慶過去說話。叫門不開。去在對過房簷下少頃。只見玳安出來飲馬。看見便問。馮媽媽你來做甚麼。馮媽媽說你二娘使我送頭面來怎的不見動靜請你爹過去說話哩玳安道俺爹連日有些些小事兒不得閑你老人家還拿回頭面去等我飲馬回來對俺爹說就是了馮媽媽道好哥哥我在這裡等着你拿進頭面去和你爹說去你二娘那裡好不惱我哩這玳安一面把馬拴下走到裡邊半日出來道對俺爹說了頭面爹收下了教你上覆二娘再待幾日兒我爹出來往二娘那裡說話這馮媽媽一直走來回了婦人話婦人又等了幾日看看五月將盡六月初旬時分朝思暮盼音信全無夢攘魂勞佳期間阻正是

懶把蛾眉掃　羞將粉臉勻

滿懷幽恨積　憔悴玉精神

婦人盼不見西門慶來每日茶飯頓減精神恍惚到晚夕孤眠枕上展轉躊躕忽聽外邊打門彷彿見西門慶來到婦人迎門笑接携手進房問其爽約之情各訴衷腸之話綢繆繾綣徹夜歡娛鷄鳴天曉頓抽身回去婦人恍然驚覺大叫一聲精魂已失慌了馮媽媽進房來看視婦人說道西門慶他剛纔出去你關上門不曾馮媽媽道娘子想得心迷了那裡得大官人來影兒也沒有婦人自此夢境隨邪夜夜有狐狸假名抵姓來攝其精髓漸漸形容黃瘦飲食不進臥牀不起馮媽媽向婦人說請了大街口蔣竹山來看其人年小不上三十生的五短身才人物飄逸極是個輕浮狂詐的人請入臥室婦人則霧鬢雲鬟擁衾而臥似不勝憂愁之狀勉強茶湯已罷丫鬟安放褥甸竹山

就排胗視脉息畢因見婦人生有姿色便開言說道小人適胗病源娘子肝脉絃出寸口而洪大厥陰脉出寸口久上魚際主六慾七情所致陰陽交爭乍寒乍熱似有鬱結于中而不遂之意也似瘧非瘧似寒非寒白日則倦怠嗜臥精神短少夜晚神不守舍夢與鬼交若不早治久而變為骨蒸之疾必有屬纊之憂矣可惜可惜婦人道有累先生俯賜良劑奴好了重加酬謝竹山道小人無不用心娘子若服了我的藥必然貴体全安說畢起身這裡使藥金五星使馮媽媽討將藥來婦人晚間吃了他的藥下去夜裡得睡便不驚恐漸漸飲食加添起來梳頭走動那消數日精神復舊一日安排了一席酒餚備下三兩銀子使馮媽媽請過竹山來相謝這蔣竹山從與婦人看病之時懷

覬覦之心已非一日于是一聞其請即具服而往延之中堂婦人盛粧出見道了萬福茶湯兩換請入房中酒饌已陳麝蘭香靄小丫鬟綉春在傍描金盤內托出三兩白金婦人高擎玉盞向前施禮說道前日奴家心中不好蒙賜良劑服之見效今粗治了一杯水酒請過先生來知謝知謝竹山道此是小人分內之事理當措置何必計較因見三兩謝禮說道這個學生怎麼敢領婦人道些須微意不成禮數萬望先生笑納辭讓了半日竹山方纔收了婦人遞酒安了坐次飲過三巡竹山席間偷眼睃視婦人粉粧玉琢嬌艷驚人先用言以挑之因說道小人不敢動問娘子青春幾何婦人道奴虛度二十四歲竹山道又一件似娘子這等妙年生長深閨處于富足何事不遂而前日有

此鬱結不足之病。婦人聽了。微笑道。不瞞先生。奴因拙夫去世。家事蕭條。獨自一身。憂愁思慮。何得無病。竹山道。原來娘子夫主歿了多少時了。婦人道。拙夫從去歲十一月得傷寒病死了。今已八個月來。竹山道。曾吃誰的藥來。婦人道。大街上胡先生。竹山道是那東街上劉太監房子住的。胡鬼嘴兒。他又不是我太醫院出身。知道甚麼脉。娘子怎的請他。婦人道。也是因街坊上人。薦舉請他來看。還是拙夫沒命。不干他事。竹山又道。娘子。也還有子女沒有。婦人道。兒女俱無。竹山道。可惜娘子。這般青春妙齡之際。獨自孀居。又無所出。何不尋其別進之路。甘為幽鬱。豈不生病。婦人道。奴近日也講着親事。早晚過門。竹山便道。動問娘子。與何人作親。婦人道。是縣前開生藥舖西門大官人。

竹山聽了道。苦哉苦哉。娘子因何嫁他。小人常在他家看病。最知詳細。此人專在縣中。抱攬說事。舉放私債。家中挽販人口。家中不筭丫頭大小。五六個老婆。着緊打倘棍兒。稍不中意。就令媒人領出賣了。就是打老婆的班頭。坑婦女的領袖。娘子早時對我說。不然進入他家。如飛蛾投火一般。坑你上不上下不下。那時悔之晚矣。况近日他親家那邊爲事。干連在家。躲避不出。房子盖的半落不合的。多丟下了。東京門下文書。坐落府縣拿人。到明日他盖這房子。多是入官抄沒的數兒。娘子沒來由嫁他則甚。一篇話。把婦人說的閉口無言。况且許多東西。丟在他家。尋思半晌。暗中跌脚。怪嗔道。一替兩替請着他不來。原來他家中爲事哩。又見竹山語言活動。一團謙恭。奴明日若嫁得。恁様個人也罷了不知他有妻室沒有因問道既蒙先生指教奴家感戴不淺倘有甚相知人家親事舉保來說奴無有個不依之理竹山乘機請問不知要何等樣人家小人打聽的實好來這裡說婦人道人家倒也不論乎大小只像先生這般人物的這蔣竹山不聽便罷聽了此言喜歡的勢不知有無于是走下席來雙膝跪在地下告道不瞞娘子說小人內爲失助中饋乏人鰥居已久子息全無倘蒙娘子垂憐見愛肯結秦晋之緣只称平生之願小人雖啣環結草不敢有忘婦人笑以手携之說道且請起未審先生鰥居幾時貴庚多少既要做親須得要個保山來說方成禮數竹山又跪下哀告道小人行年二十九歲正月二十七日卯時建生不幸去年荊妻已故家緣貧乏實出

寒微。今既蒙金諾之言。何用冰人之講。婦人聽言笑道。你既無
錢。我這裡有個媽媽。姓馮。拉他做個媒証。也不消你行聘。擇個
吉日良辰。招你進來入門為贅。你意下若何。這蔣竹山連忙倒
身下拜。娘子就如同小人重生父母。再長爹娘。宿世有緣。三生
大幸矣。一面兩個在房中。各遞了一杯交歡盞。已成其親事。竹
山飲至天晚回家。婦人這裡與馮媽媽商議。說西門慶家。如此
這般為事。吉凶難保。況且奴家這邊沒人。不好了一場險不喪
了性命。為今之計。不如把這位先生招他進來。過其日月。有何
不可。到次日。就使馮媽媽通信過去。擇六月十八日大好日期。
把蔣竹山倒踏門招進來。成其夫婦。過了三日。婦人湊了三百
兩銀子。與竹山打開門面。兩間開店。煥然一新的。初時往人家

看病只是走。後來買了一疋驢兒騎着。在街上往來搖擺。不在話下。正是一窪死水全無浪。也有春風擺動時。畢竟未知後來何如。且聽下回分解

第十八回　賂相府西門脫禍

見嬌娘敬濟魂消

第十八回

來保上東京幹事　陳經濟花園管工

堪嘆人生毒似蛇　誰知天眼轉如車
去年妄取東鄰物　今日還歸北舍家
無義錢財湯潑雪　倘來田地水推沙
若將奸狡爲活計　恰似朝雲與暮霞

話分兩頭不說蔣竹山在李瓶兒家招贅單表來保來旺二人上東京打點朝登紫陌暮踐紅塵饑餐渴飲帶月披星有日到東京進了萬壽城門投旅店安歇到次日街前打聽只聽見過路人風裡言風裡語多交頭接耳街談巷議都說兵部王尚書昨日會問明白聖旨下來秋後處決止有楊提督名下親屬

人等未曾拿完尚未定奪且待今日便有次弟這來保等二人把禮物打在身邊急來到蔡府門首舊時幹事來了兩遍道路久熟立在龍德街牌樓底下探聽府中消息少頃只見一個青衣人慌慌打太師府中出來往東去了來保認的是楊提督府裡親隨楊幹辦待要叫住問他一聲事情何如說家主不曾分付招惹他以此不言語放過了他去了遲了半日兩個走到府門前望着守門官深深唱了個喏動問一聲太師老爺在家不在那守門官道老爺不在家了朝中議事未回你問怎的來保又問道管家翟爺請出來小人見見有事禀白那官吏道管家翟叔也不在了跟出老爺去了來保道且住他不實說與我巳定問我要些東西於是袖中取出一兩銀子遞與他那官吏接

了。便問你要見老爺，要見學士大爺，老爺便是大管家翟謙稟大爺的事，便是小管家高安稟。各有所掌，況老爺朝中未回，止有學士大爺在家，你有甚事？我替你請出高管家來，有甚事，引你稟見大爺，也是一般。這來保就借情道，我是提督楊爺府中，有事稟見官吏。聽了不敢怠慢，進入府中，良久，只見高安出來，來保慌忙施禮，遞上十兩銀子，說道：小人是楊爺的親，同楊幹辦一路來見老爺討信，因後邊吃飯來遲了一步，不想他先來見了。所以不曾趕上。高安接了禮物，說道：楊幹辦只剛纔去了，老爺還未散朝，你且待待，我引你再見見大爺罷。一面把來保領到第二層大廳傍邊，另一座儀門進去，坐北朝南三間敞廳，綠油欄杆，朱紅牌額，石青填地，金字大書天子御筆欽賜學士

琴堂四字。原來蔡京兒子蔡攸也是寵臣。見爲祥和殿學士兼
禮部尚書提點太一宮使。來保在門外伺候高安先入說了出
來。然後喚來保入見。當廳跪下。廳上垂着朱簾。蔡攸深衣軟巾
坐於堂上。問道是那裡來的。來保稟道。小人是楊爺的親家陳
洪的家人。同府中楊幹辦來稟見老爺討信。不想楊幹辦先來
見了。小人赶來後見。因向懷中取出揭帖遞上。蔡攸見上面寫
看白米五百石。叫來保近前說道。蔡老爺亦因言官論列。連日
迴避閣中之事。并昨日三法司會問。都是右相李爺秉筆。稱楊
老爺的事。昨日內裡消息出來。 聖上寬恩。另有處分了。其手
下用事有名人犯。待查明問罪。你還徃到李爺那裡說去。來保
只顧磕頭道。小的不認的李爺府中。望爺憐憫俯就。看家楊老

爺分上。蔡攸道你去到天漢橋邊北。高坡大門樓處問聲當朝右相資政殿大學士兼禮部尚書。名諱邦彥。的你李爺誰是不知道。也罷我這裡還差個人同你去。郎令祗候官呈過一緘。使了圖書就差管家高安同去見李老爺。如此這般替他說。那高安承應下了。同來保出了府門。叫了來旺帶着禮物轉過龍德街逕到天漢橋李邦彥門首。正值邦彥朝散纔來家穿大紅縐紗袍腰繫玉帶送出一位公卿上轎而去回到廳上門吏禀報說學士蔡大爺。差管家來見先叫高安進去。說了回話。然後喚來保來旺進見跪在廳臺下高安就在傍邊遞了蔡攸封緘并禮物揭帖。來保下邊就把禮物呈上邦彥看了。說道你蔡大爺分上。又是你楊老爺親。我怎麼好受此禮物况你楊爺昨日聖心回動巳沒事但只是手下之人科道參語甚重巳定問發幾個郎令堂候官取過昨日科中送的那幾個名字與他瞧上寫着王黼名下書辦官董昇家人王廉班頭黃玉楊戩名下壞事書辦官盧虎幹辦楊盛府椽韓宗仁趙弘道班頭劉成親黨陳洪西門慶胡四等皆鷹犬之徒狐假虎威之輩揆置本官倚勢害人貪殘無比積弊如山小民蹙額市肆爲之騷然乞勅下法司將一干人犯或投之荒裔以禦魑魅或寘之典刑以正國法不可一日使之留于世也來保等見了慌的只顧磕頭告道小人就是西門慶家人望老爺開天地之心超生性命則個高安又替他跪稟一次那邦彥見五百兩金銀只買一個名字如何不做分上郎令左右擡書案過來取筆將文卷上西門慶名字改

作賈慶。一面收上禮物去。邦彥打發來保等出來就拿回帖回
蔡學士賞了高安來保來旺。一封五十兩銀子、來保路上作辭
高管家回到客店收拾行李。還了店錢星夜回到清河縣來。早
到家見西門慶把東京所幹的事從頭說了一遍。西門慶聽了。
如提在冷水盆內對月娘說。早時使人去打點不然怎了。正是
這回西門慶性命有如落日已沉西嶺外却被扶桑喚出來。於
是一塊石頭方纔落地過了兩日門也不關了花園照舊還蓋
漸漸出來街上走動。一日玳安騎馬打獅子街所過看見李瓶
兒門首開個大生藥鋪裡邊堆着許多生熟藥材。朱紅小櫃油
漆牌面吊着幌子。甚是熱鬧歸來告與西門慶說還不知招贅
竹山一節只說二娘搭了個新夥計開了個生藥鋪、西門慶聽

了。半信不信。一日七月中旬時分。金風淅淅。玉露泠泠。西門慶正騎馬街上走着。撞見應伯爵謝希大兩人叫住。下馬唱喏問道。哥一向怎的不見。兄弟到府上幾遍。見大門關着。又不敢叫。整悶了這幾日。端的哥在家做甚事。嫂子娶過來不曾。也不請兄弟們吃酒。西門慶道。不好告訴的。因舍親家陳宅。那邊爲些閒事。替他亂了幾日。親事另改了日期了。伯爵道。兄弟每不知哥吃驚。今日既撞遇哥。兄弟二人肯空放了。如今請哥同到裡邊。吳銀姐那裡吃三杯。權當解悶。不由分說。把西門慶拉進院中來。玳安平安牽馬後邊跟着走。正是

歸去只愁紅日短　思卿猶恨馬行遲

世財紅粉歌樓酒　誰爲三般事不迷

當日西門慶被他二人拉到吳銀兒家吃了一日酒到日暮時分已帶半酣纔放出來打馬正望家走到於東街口上撞見馮媽媽從南來走得甚慌西門慶勒住馬問道你往那去馮媽媽道二娘使我往門外寺裡魚籃會替過世二爹燒箱庫去來赶進門來西門慶醉中道你二娘在家好麼我明日和他說話去馮媽媽道尤得大人還問甚麼好也來把個見見成成做熟了飯的親事兒吃人撥了鍋兒去了西門慶聽了失驚問道莫不他嫁人去了馮媽媽道二娘那等使老身送過頭面往你家去了幾遍不見你大門閉着對大官兒說進去教你早動身你不理今教別人成了你還說甚的西門慶問是誰馮媽媽悉把半夜三更婦人被狐狸纏着染病看看至死怎的請了大街上

住的蔣竹山來看吃了他的藥怎的好了其日怎的倒踏門招進來成其夫婦見今二娘拿出三百兩銀子與他開了生藥舖從頭至尾說了一遍這西門慶不聽便罷聽了氣的在馬上只是跌脚叫道苦哉你嫁別人我也不惱如何嫁那矮王八他有甚麼起解于是一直打馬來家剛下馬進儀門只見吳月娘孟玉樓潘金蓮并西門大姐四個在前廳天井內月下跳馬索兒耍子見西門慶來家月娘玉樓大姐三個都往後走了只有金蓮不去且扶着庭柱兜鞋被西門慶帶酒罵道淫婦們閒的聲喚平白跳甚麼百索兒趕上金蓮踢了兩脚走到後邊也不往月娘房中去脫衣裳走在西廂稍間一間書房要了舖盖那裡宿歇打了頭罵小厮只是沒好氣衆婦人站在一處都甚是着

恐不知是那緣故吳月娘甚是埋怨金蓮你見他進門有酒了兩三步扠開一邊便了還只顧在跟前笑成一塊且提鞋兒却教他蝗蚰螞蚱一例都罵着玉樓道罵我每也罷如何連大姐也罵起淫婦來了沒槽道的行貨子金蓮接過來道這一家子只我是好欺負的一般三個人在這裡只踢我一個兒那個偏受用着甚麼也怎的月娘就惱了說道你頭裡何不教他連我也踢不是你沒偏受用誰偏受用恁的賊不識高低貨我到不言語你只顧嘴頭子磾哩礴喇的那金蓮見月娘惱了便轉把話兒來攤說道姐姐不是這等說他不知那裡因着甚麼由頭兒只拿我煞氣要便睜着眼望着我吽千也要打個臭死萬也要打個臭死月娘道誰教你只要嘲他來他不打你却打狗不

成。玉樓道大姐姐且吽了小厮來問他聲。今日在誰家吃酒來。
早辰好好出去。如何來家恁個腔兒不一時把玳安吽到根前。
問他端的。月娘罵道賊囚根子。你不實說教大小厮來吊拷你。
和平安兒每人都是十板子。玳安道娘休打待小的實說了罷。
爹今日和應二叔每。都在院裡吳家吃酒散的早了。來在東街
口上撞遇馮媽媽說花二娘等爹不去嫁了大街住的蔣太醫
了。爹一路上惱的要不的。月娘道信那沒廉耻的歪淫婦浪着
嫁了漢子。來家拿人煞氣。玳安道二娘沒嫁蔣太醫把他倒踏
門。招進去了。如今二娘與了他本錢開了好不興的大藥舖我
來家告爹說。爹還不信。孟玉樓道論起來男子漢死了多少時
兒服也還未滿。就嫁人使不得的。月娘道如今年程論的甚麼

使的使不的。漢子孝服未滿。浪着嫁人的。纔一個兒淫婦成月
和漢子。酒裡眠。酒裡臥底人。他原守的甚麼貞節。看官聽說。月
娘這一句話。一棒打着兩個人。孟玉樓與潘金蓮都是再醮嫁
人。孝服都不曾滿。聽了此言。未免各人懷着慚愧歸房。不在話
下。正是不如意處常八九。可與人言無二三。却說西門慶當晚
在前邊廂房睡了一夜。到次日把女婿陳經濟安他在花園中。
同賁四管工記帳。換下來昭來。教他看守大門。西門大姐。白日
裡便在後邊。和月娘衆人一處吃酒。晚夕歸前邊廂房中歇。陳
經濟每日只在花園中管。非呼喚不敢進入中堂。飲食都是小
廝內裡拿出來吃。所以西門慶手下這幾房婦女。都不曾見面。
一日西門慶不在家。與提刑所賀千戶送行去了。月娘因陳經

濟搬來居住。一向管工辛苦。不曾安排一頓飯兒酧勞他酧勞。
向孟玉樓李嬌兒說道。待要管。又說我多攬事。我待欲不管。又
看不上。人家的孩兒在你家。每日起早睡晚。辛辛苦苦。替你家
打勤勞兒。那個與心知慰他一知慰兒也怎的。玉樓道。姐姐。你
是個當家的人。你不上心。誰上心。月娘於是分付廚下。安排了
一卓酒餚點心。午間請經濟進來吃一頓飯。這陳經濟撇了工
程。教賁四看管。逕到後邊參見月娘。作畢揖。旁邊坐下。小玉拿
茶來吃了。安放卓兒。拿蔬菜案酒上來。月娘道。姐夫。每日管工
辛苦。要請姐夫進來坐坐。白不得個閒。今日你爹不在家無事。
治了一杯水酒。權與姐夫酧勞。經濟道。兒子蒙爹娘擡舉。有甚
勞苦。這等費心。月娘遞了酒。經濟傍邊坐下。須臾饌餚齊上。月

娘陪着他吃了一回酒。月娘使小玉請大姑娘來這裡坐。小玉道。大姑娘使看手便來。少頃只聽房中抹的牌响。經濟便問誰人抹牌。月娘道。是大姐與玉簫丫頭弄牌。經濟道。你看沒分曉。娘這裡呼喚不來。且在房中抹牌。不一時大姐掀簾子出來。與他女婿對面坐下。一同飲酒。月娘便問大姐。陳姐夫也會看牌也不會。大姐道。他也知道些香臭兒。當時月娘自知經濟是個志誠的女婿。卻不道是小毅子兒詩詞歌賦雙陸象棋。拆牌道字。無所不通。無所不曉。有西江月為証。

自幼乖滑伶俐。風流慱浪牢成。愛穿鴨綠出爐銀。雙陸象棋幫襯。琵琶笙箏簫管。彈丸走馬員情。只有一件不堪聞。見了佳人是命。

月娘便道。既是姐夫會看牌。何不進去咱同看一看。經濟道。娘
和大姐看罷。兒子却不當。月娘道姐夫至親。間怕怎的。一面進
入房中。只見孟玉樓正在牀上鋪茜紅毡看牌。見經濟進來。抽
身就要走。月娘道姐夫又不是別人。見個禮兒罷。向經濟道這
是你三娘哩。那經濟慌忙躬身作揖。玉樓還了萬福。當下玉樓
大姐三人同抹。經濟在傍邊觀看。抹了一回。大姐輸了下來。經
濟上來又抹。玉樓出了個天地分。經濟出了恨點不到頭。吳月
娘出了個四紅沉。八不就雙三不搭兩幺兒。和兒不出。左來右
去配不着色頭。只見潘金蓮掀開簾子走進來。銀絲鬏髻上戴
着一頭鮮花兒。仙掌體可玉貌笑嘻嘻道。我說是誰原來是陳
姐夫在這裡。慌的陳經濟扭頭回頭。猛然一見不覺心蕩目搖。

精魂已失正是五百年冤家今朝相遇三十年恩愛一旦遭逢一

月娘道此是五娘姐夫也只見個長禮兒罷經濟忙向前深深作揖金蓮一面還了萬福月娘便道五姐你來看小雛兒倒把老鴉子來贏了這金蓮近前一手扶着牀護炕兒一隻手拈着白紗團扇兒在傍替月娘指點說道大姐姐這牌不是這等出了把雙三搭過來却不是天不同和牌還贏了陳姐夫和三姐姐衆人正抹牌在熱鬧處只見玳安抱進毡包來說爹來家了月娘連忙攛掇小玉送陳姐夫打角門出了西門慶下馬進門先到前邊工上觀看了一遍然後踅到潘金蓮房中來金蓮慌忙接着與他脫了衣裳說道你今日送行去來的早西門慶道提刑所賀千戶新陞新平寨知寨合衛所相知都郊外送他來

拿帖兒來會我不好不去的金蓮道你沒酒教丫鬟看酒來你吃不一時放了卓兒飲酒菜蔬都擺在面前飲酒中間因說起後日花園捲棚上梁約有許多親朋都要來遞菓盒酒掛紅少不得叫廚子置酒管待說了一回天色已晚春梅掌燈歸房二人上牀宿歇西門慶因起早送行着了辛苦吃了幾杯酒就醉了倒下頭鼾睡如雷齁齁不醒那時正值七月二十頭天氣夜于有些餘熱這潘金蓮怎生睡得着忽聽碧紗帳內一派蚊雷不免赤着身子起身來執着燭滿帳照蚊照一個燒一個回首見西門仰臥枕上睡得正濃搖之不醒其腰間那話帶着托子纍垂偉長不覺淫心輙起放下燭臺用纖手捫弄弄了一回蹲下身去用口吮之吮來吮去西門慶醒了罵道怪小淫婦兒你

達達睡睡就掏鼪死了一面起來坐在枕上亦發叫他在下儘着吮咂又垂首翫之以暢其美正是惟底佳人風性重夜深偷弄紫鸞簫有歌子雙関踏莎行詞爲証

我愛他身體輕盈楚腰膩細行行一派笙歌沸黃昏人未掩朱扉潜身撞入紗厨內款傍香肌輕憐玉體嘴到處臙脂記耳邊廂造就百般聲夜深不肯教人睡

婦人于是頑了有一頓飯時西門慶忽然想起一件事來叫春梅篩酒過來在牀前執壺而立將燭移在牀背板上教婦人馬爬在他面前那話隔山取火托入牝中令其自動在上飲酒取其快樂婦人罵道好個刀鑽的強盜從幾時新興出來的例兒怪刺刺教丫頭看答着甚麼張致西門慶道我對你說了罷當

初你瓶兒。和我常如此幹吽他家迎春在傍執壺斟酒。到好耍子。婦人道我不好罵出來的。甚麼瓶姨鳥姨。題那淫婦則甚奴好心不得好報。那淫婦等不的浪着。嫁漢子去了。你前日吃了酒。你來家一般的三個人在院子裡跳百索兒只拿我煞氣只踢我一個兒倒惹的人。和我辨了回子嘴。想起來奴是好欺負的西門慶問道。你與誰辨嘴來婦人道。那日你便進來了。上房的好不和我合氣。說我在他根前頂嘴來。罵我不識高低的貨。我想起來。爲甚麼養蝦蟇得水蠱兒病如今到教人惱我西門慶道。不是我也不惱。那日應二哥他們拉我到吳銀兒家。吃了酒出來。路上撞見馮媽媽子。如此這般告訴我把我氣了個立睜若嫁了別人我到罷了。那蔣太醫賊矮王八。那花大怎不咬

下他下截來。他有甚麼起解。招他進去與他本錢教他在我眼
面前開鋪子。大剌剌做買賣。婦人道。虧你有臉兒還說哩。奴當
初怎麼說來。先下米的先吃飯。你不聽。只顧求他問姐姐。常信
人調丟了瓢。你做差了。你抱怨那個。西門慶被婦人這幾句話
冲得心頭一點火無雲山半壁通紅。便道。你由他。教那不賢良
的淫婦說去。到明日休想我這裡理他。看官聽說。自古讒言罔
行。雖君臣父子。夫婦昆弟之間。猶不能免。況朋友乎。饒吳月娘
恁般賢淑的婦人。居于正室。西門慶聽金蓮衽席睥睨之間言
卒致于反目。其他可不慎哉。自是以後。西門慶與月娘尚氣。彼
此覿面都不說話。月娘隨他往那房裡去。也不管他。來遲去早。
也不問他。或是他進房中取東取西。只教丫頭上前答應。也不

理他兩個都把心來冷淡了正是

前車倒了千千輛　後車到了亦如然
分明指與平川路　錯把忠言當惡言

且說潘金蓮自西門慶與月娘尚氣之後見漢子偏聽已于是以爲得志每日抖搜着精神粧飾打扮希寵市愛因爲那日後邊會遇陳經濟一遍見小夥兒生的乖猾伶俐有心也要勾搭他但只畏懼西門慶不敢下手只等的西門慶往那裡去不在家便使了丫鬟叫進房中與他茶水吃常時兩個下棋做一處一日西門慶新盖捲棚上梁親友掛紅慶賀遞菓盒的也有許多各作人匠都有犒勞賞賜大廳上管待官客吃到晌午時分人纔散了西門慶看着收拾了家火歸後邊睡去了陳經濟走

來金蓮房中討茶吃金蓮正在牀上彈弄琵琶道前邊上梁吃了恁半日酒你就不曾吃了些甚麼還來我屋裡要茶吃經濟道兒子不瞞你老人家說從半夜起來亂了這一五更誰吃甚麼來婦人問道你爹在那裡經濟道爹後邊睡去了婦人道你旣沒吃甚麼叫春梅揀粧裡拿我吃的那蒸酥菓餡餅兒來與你姐夫吃這小夥兒就在他炕卓兒擺着四楪小菜吃着點心因見婦人彈琵琶戲問道五娘你彈的甚曲兒怎不唱個兒我聽婦人笑道好陳姐夫奴又不是你影射的如何唱曲兒你聽我等你爹起來看我對你爹說不說那經濟笑嘻嘻慌忙跪下央及道望乞五娘可憐見兒子再不敢了那婦人笑起來了自此這小夥兒和這婦人日近日親或吃茶吃飯穿房入屋打牙

犯嘴。挨肩擦膀。通不忌憚。月娘托以兒輩。放這樣不老實的女婿在家。自家的事。却看不見。正是只統採花成醸蜜。不知辛苦爲誰甜。

堪嘆西門慮未通　惹將桃李笑春風
滿牀錦被藏賊睡　三頓珍羞養大虫
愛物只圖夫婦好　貪財常把丈人坑
還有一件堪誇事　穿房入屋弄乾坤

畢竟未知後來何如且聽下回分解

金瓶梅　第十九回　草裡蛇邏打蔣竹山

李瓶兒情感西門慶

第十九回

草裡蛇邏打蔣竹山　李瓶兒情感西門慶

花開不擇貧家地　月照山河處處明
世間只有人心歹　百事還教天養人
痴聾瘖瘂家豪富　伶俐聰明却受貧
年月日時該載定　算來由命不由人

話說西門慶家中起蓋花園捲棚。約有半年光景。裝修油漆完備。前後煥然一新。慶房整吃了數日酒。俱不在話下。一日八月初旬天氣。與夏提刑做生日。在新買庄上擺酒。叫了四個唱的。一起樂工。雜耍步戲。西門慶從巳牌時分。打選衣帽齊整。四個小厮跟隨。騎馬去了。吳月娘在家。整置了酒餚細果。約同李嬌

兒孟玉樓孫雪娥大姐潘金蓮衆人開了新花園門閒中遊賞翫看裡面花木庭臺一望無際端的好座花園但見

正面丈五高心紅漆綽屑周圍二十板砧炭乳口泥墻當先一座門樓四下幾多臺榭假山真水翠竹蒼松高而不尖謂之臺巍而不峻謂之榭論四時賞翫各有去處春賞燕遊堂檜栢爭鮮夏賞臨溪館荷蓮鬬彩秋賞疊翠樓黃菊迎霜冬賞藏春閣白梅積雪剛見那嬌花籠淺徑嫩柳拂雕欄弄風楊柳縱蛾眉帶雨海棠陪嫩臉燕遊堂前金燈花似開不開藏春閣後白銀杏半放不放平野橋東幾朶粉梅開卸卧雲亭上數株紫荊未吐湖山側纔綻金錢寶檻邊初生石笋翩翩紫燕穿簾幙嚦嚦黃鶯度翠陰也有那月窓雪洞也有那

水閣風亭木香棚與荼蘼架相連千葉桃與三春栁作對也有那紫丁香玉馬櫻金雀藤黃刺薇香茉莉瑞仙花捲棚前後松墻竹徑曲水方池映堦蕉棕白日葵榴遊魚藻內驚人粉蝶花間對舞正是芍藥展開菩薩面荔枝擎出鬼王頭

當下吳月娘領着衆婦人或携手遊芳徑之中或鬪草坐香茵之上一個臨欄對景戲將紅豆擲金鱗一個伏檻觀花笑把羅紈驚粉蝶月娘于是走在一個最高亭子上名喚臥雲亭和孟玉樓李嬌兒下棊潘金蓮和西門大姐孫雪娥都在翫花樓望下觀看見樓前牡丹花畔芍藥圃海棠軒薔薇架木香棚又有那耐寒君子竹欺雪大夫松端的四時有不卸之花八節有長春之景觀之不足看之有餘不一時擺上酒來吳月娘居上李

嬌兒對席兩邊孟玉樓孫雪蛾潘金蓮西門大姐各依序而坐
月娘道我忘了請陳姐夫來坐坐一面使小玉前邊快請姑夫
來不一時經濟來到頭上天青羅帽身穿紫綾深衣脚下粉頭
皂靴向前作揖就在大姐根前坐下傳杯換盞吃了一回酒吳
月娘還與李嬌兒西門大姐下棊孫雪蛾與孟玉樓却上樓觀
看惟有金蓮且在山子前花池邊用白紗團扇撲蝴蝶爲戲不
妨經濟悄悄在他身背後觀戲說道五娘你不會撲蝴蝶兒等
我替你撲這蝴蝶兒忽上忽下心不定有些走滚那金蓮扭回
粉頸斜䁖了他一眼罵道賊短命人聽着你待死也我曉得你
也不要命了那陳經濟笑嘻嘻撲近他身來摟他親嘴被婦人
順手只一推把小夥兒推了一交却不想玉樓在翫花樓遠遠

瞧見。叫道五姐。你走這裡來。我和你說話。金蓮方纔撇了經濟。上樓去了。原來兩個蝴蝶也沒曾捉的住。到訂了燕約鶯期。則做了蜂鬚花嘴。正是狂蜂浪蝶有時見。飛入梨花沒處尋。經濟見婦人去了。默默歸房。心中怏怏不樂。口占折桂令一詞。以遣其悶。

我見他斜戴花枝。朱唇上不抹胭脂。似抹胭脂。前日相逢。今日相逢。似有情實。未見情實。欲見許何曾見許。似推辭本是不推辭。約在何時。會在何時。不相逢。他又相思。既相逢。我又相思。

且不說吳月娘。等在花園中飲酒。单表西門慶從門外夏提刑庄子上吃了酒回來。打南尾子裡頭過。平昔在三尾兩巷行走要子。揭子每都認的。那時宋時謂之揭子。今時俗呼為光棍是也。內中有兩個。一名草裡蛇魯華。一名過街鼠張勝。常被西門慶資助。乃鷄竊狗盜之徒。西門慶見他兩個在那裡耍錢。勒住馬近前說話。二人連忙走至根前。打個半跪道。大官人這咱晚往那去來。西門慶道。今日是提刑所夏老爹生日。門外庄上請我每吃了酒來。我有一庄事。央煩你每依我不依。二人道。大官人沒的說。小人平昔受恩甚多。如今使令小人之處。雖赴湯蹈火萬死何辭。西門慶道。既是你二人恁說。明日來我家。我有話分付你。二人道。那裡等的到明日。你老人家說與小人罷。端的有甚麼事。這西門慶附耳低言。便把蔣竹山要了李瓶兒之事。說了一遍。只要你弟兄二人替我出這口氣。便了。因在馬上摟起衣底順袋中還有四五兩碎銀子都倒與二人便道你兩個拿去打酒吃只要替我幹得停當還謝你二人魯華那肯接說道小人受你老人家恩還少哩我只道叫俺兩個往東洋大海裡拔蒼龍頭上角西華岳山中取猛虎口中牙便去不得這些二小之事有何難哉這個銀兩小人斷不敢領受西門慶道你不收我也不央及你了教玳安接了銀子打馬就走又被張勝攔住說魯華你不知他老人家性兒你不收恰似咱每推托的一般一面接了銀子扒倒地下磕了個頭說道你老人家只顧家去坐着不消兩日管情穩拍拍教你笑一聲張勝道只望官府到明日把小人送與提刑所夏老爹那裡答應就勾了小人了西門慶道這個不打緊何消你說看官聽說後來西門慶果然

把張勝送在夏提刑守備府做了個親隨此係後事表過不題那兩個搗子得了銀子依舊要錢去了西門慶騎馬進門來家巳是日西時分月娘等衆人聽見他進門都往後邊去了只有金蓮在捲簾內看收家火西門慶不往後邊去逕到花園裡來見婦人在亭子上收家火便問我不在你在這裡做甚麼來金蓮笑道俺每今日和大姐開門看了看誰知你來的恁早西門慶道今日夏大人費心庄子上叫了四個唱的四個搗倒小廝只請了五位客到我恐怕路遠來的早婦人與他脫了衣裳因說道你沒酒教丫頭看酒來你吃西門慶分付春梅把別的菜蔬都收下去只留下幾碟細菓子兒篩一壺葡萄酒來我吃坐在上面椅子上因看見婦人上穿沉香色水緯羅對衿衫兒五

色綢紗眉子。下着白碾光絹挑線裙子。裙邊大紅光素段子。白綾高底。羊皮金雲頭鞋兒。頭上銀絲鬏髻。金廂玉蟾宮折桂分心。翠梅鈿兒。雲鬢簪着許多花翠。越顯出紅馥馥朱唇。白膩膩粉臉。不覺淫心輙起。攙着他兩隻手兒。摟抱在一處親嘴。不一時。春梅篩上酒來。兩個一遞一口兒飲酒咂舌。咂的舌頭一片聲響。婦人一面摟起裙子。坐在身上。噙酒哺在他口裡。然後在桌上纖手拈了一個鮮蓮蓬子。與他吃。西門慶道。澁剌剌的吃他做甚麼。婦人道。我的兒。你就吊了造化了。娘手裡拿的東西兒。你不吃。于是口中噙了一粒鮮核桃仁兒。送與他。纔罷了。西門慶又要翫弄婦人的胸乳。婦人一面摘下摟領子的金三事兒來。用口咬着。攤開羅衫。露見美玉無瑕。香馥馥的酥胸。緊就就的香乳揣揣摸摸良久用口犢之彼此調笑曲盡于飛西門慶乘着喜歡向婦人道我有一件事告訴你到明日教你笑一聲你道蔣太醫開了生藥舖到明日管情教他臉上開菓子舖出來婦人便問怎麼緣故西門慶悉把今日門外撞遇魯華張勝二人之事告訴了一遍婦人笑道你這個墮業的衆生到明日不知作多少罪業又問這蔣太醫不是常來咱家看病的那蔣太醫我見他且是謙恭禮體兒的見了人把頭兒低着可憐見兒的你這等作做他西門慶道你看不出他你說他低着頭兒他專一看你的脚哩婦人道汗邪的油嘴他可可看人家老婆的脚西門慶道你還不知他哩也是左近一個人家請他看病正是街上買了一尾魚手提着見那人請他說我送了魚到

家就來。那人說家中有緊病。請師父就去罷。這蔣竹山一直跟到他家。病人在樓上。請他上樓。不想是個女人。不好素體容粧。走在房來。舒手教他把脉。這厮手把着脉想起他魚來。掛在簾鈎兒上就忘記看脉。只顧且問嫂子。你下邊有猫兒也沒有。不想他男子漢在屋裡聽見了。走來揪着毛。打了個臭死。藥錢也沒有與他。把衣服扯的稀爛。得手纔跑了。婦人道。可可兒的來。我不信一個文墨人兒。他幹這個營生。西門慶道。你看他迎面兒就悞了勾當。單愛外裝老成。内藏奸詐。兩個說笑了一回。不吃酒了。收拾了家火。歸房宿歇。不在話下。按下一頭。却說李瓶兒招贅了蔣竹山。約兩月光景。初時蔣竹山。圖婦人喜歡。修合了些戲藥。部門前買了些甚麽。景東人事。美女相思套之類。實指望打動婦人心，不想婦人曾在西門慶手裡，狂風驟雨都經過的，往往幹事不稱其意，漸漸頗生憎惡，反被婦人把淫器之物都用石砸的稀爛，都丟吊了，又說你本蝦鱔腰裡無力，平白買將這行貨子來戲弄老娘家，把你當塊肉兒，原來是個中看不中吃蠟鎗頭，死王八，罵的竹山狗血噴了臉，被婦人半夜三更赶到前邊舖子裡睡，于是一心只想西門慶，不許他進房中來，每日睄聒着筭帳查筭本錢，這竹山正受了一肚氣走在舖子小櫃裡坐的，只見兩個人進來吃的浪浪蹌蹌楞楞睜睜走在櫈子上坐下，先是一個問道，你這舖中有狗黃沒有，竹山笑道，休要作戲，只有牛黃，那討狗黃，又問沒有狗黃，你有冰灰也罷，拿來我瞧，我要買你幾兩，竹山道，生藥行只有冰片，是南海波斯國地道出的。那討冰灰來。那一個說道。你休問他。量他纔開了幾日鋪子。他那裡有這兩庄藥材。咱徃西門大官人鋪中買去了來。那個說道過來。咱與他說正經話罷。蔣二哥你休推睡裡夢裡。你三年前死了娘子兒。問這位魯大哥。借的那三十兩銀子。本利也該許多。今日問你要來了。俺剛纔進門就先問你要。你在人家招贅了。初開了這個鋪子。恐怕丟了你行止。顯的俺每陰騭了。故此先把幾句風話來。教你認範。你不認範。他這銀子你少不得還他。竹山聽了。諕了個立睜。說道我並沒借他甚麼銀子。那人道你沒借銀。却問你討。自古蒼蠅不鑽那沒縫的彈。快休說此話。蔣竹山道我不知閣下姓甚名誰。素不相識。如何來問我要銀子。那人道。蔣二哥。你就差了。自古於官不貪。賴債不富。想着你當初不得地時。串鈴兒賣膏藥。也虧了這位魯大哥扶持你。今日就到了這步田地來。這個人道。我便姓魯。叫做魯華。你某年借了我三十兩銀子。發送妻小。本利該我四十八兩銀子。少不的還我。竹山慌道。我那裡借你銀子來。就借了你銀子。也有文書保人。張勝道。我就是保人。因向袖中取出文書。與他照了照。把竹山氣的臉臘查也似黄了。罵道。好殺材。狗男女。你是那裡搗子。走來嚇詐我。魯華聽了。心中大怒。隔着小櫃。颼的一拳去。早飛到竹山面門上。就把鼻子打歪在半邊。一面把架上藥材撒了一街。竹山大罵。好賊搗子。你如何來搶奪我貨物。只叫天福兒來幫助。被魯華一脚踢過一邊。那裡再敢上前。張勝把竹山拖出小櫃來。攔住魯華手。勸道。魯大哥。

你多日子也䟝待了。再寬他兩日兒。教他湊過與你便了。蔣二哥。你怎麼說。竹山道。我幾時借他銀子來。就是問你借的。也等慢慢好講。如何這等撒野。張勝道。蔣二哥。你這回吃了橄欖灰見。回過味來了。打了你一面口袋。倒過蘸來了。你若好好早這般。我教魯大哥饒讓你些利錢兒。你便兩三限湊了還他。纔是話。你如何把硬話兒不認。莫不人家就不問你要罷。那竹山聽了。道。氣殺我。我和他見官去。誰見他甚麼錢來。張勝道。你又吃了早酒了。不隄防魯華又是一拳。仰八叉跌了一交。險不倒栽入洋溝裡。將髮散開。巾幘都污濁了。竹山大叫青天白日起來。被保甲上來。都一條繩子拴了。李瓶兒在房中聽見外邊人攘走來簾下聽覷。見地方拴的竹山去了。氣了個立睜。使出馮媽媽媽來把牌面幌子都收了街上藥材被人搶了許多一面關閉了門户家中坐的早有人把這件事報與西門慶知道即差人分付地方明日早解提刑院這裡又拿帖子對夏大人說了次日早帶上人來夏提刑陞廳看了地方呈狀叫上竹山去問道你是蔣文蕙如何借了魯華銀子不還反行毀罵他其情可惡竹山道小的通不認得此人並沒借他銀子小人以理分說他反不容亂行踢打把小人貨物都搶了夏提刑便叫魯華你怎麼說魯華道他原借小的銀兩發送妻喪至今三年光景延挨不還小的小的今日打聽他在人家招贅了做了大買賣問他理討他倒百般辱罵小的說小的搶奪他貨物見有他借銀子的文書在此這張勝便是保人望爺查情一面懷中取出文契

遞上去夏提刑展開觀看上面寫着

立借契人蔣文蕙係本縣醫生爲因妻喪無錢發送憑保人張勝借到魯名下白銀三十兩月利三分入手用度約至次年本利交還如有欠少時家値錢物件折准恐後無憑立此借契爲照者

夏提刑看了拍案大怒說道可又來見有保人文契還這等抵賴看這廝咬文嚼字模樣就相個賴債的喝令左右選大板拿下去着實打當下三四個人不由分說拖番竹山在地痛責三十大板打的皮開肉綻鮮血淋漓一面差兩個公人拿着白牌押蔣竹山到家處三十兩銀子交還魯華不然帶回衙門收監那蔣竹山打的那兩隻腿刺八着走到家哭哭啼啼哀告李瓶

見問他要銀子。還與魯華。又被婦人噦在臉上罵道、沒羞的王八、你遁甚麼銀子在我手裡問我要銀子。我早知你這王八砍了頭是個債樁、就瞎了眼也不嫁你。這中看不中吃的王八。那四個人聽見婦人屋裡攘罵。不住催逼叫道蔣文蕙既沒銀子。不消只管挨遲了、趁早到衙門回話去。罷竹山一面出來安撫了公人。又去裡邊哀告婦人直撅兒跪在地下。哭哭啼啼。說道你只當積陰騭西山五舍齊僧布施這三十兩銀子了、不與這一回去。我這爛屁股上怎禁的拷打。就是死罷了。婦人不得已那三十兩雪花銀子。與他當官交與魯華扯碎了文書方纔了事。這魯華張勝得了三十兩銀子、逕到西門慶家回話了。西門慶留在捲棚內、管待二人酒飯。把前事告訴一遍。西門慶滿心大喜說二位出了我口氣足可以勾了魯華把三十兩銀子交與西門慶門慶那裡肯收你二人收去買壺酒吃就是我酬謝你了後頭還有事相煩二人臨起身謝了又謝拿着銀子自行耍錢去了正是嘗將壓善欺良意權作尤雲殢雨心却說蔣竹山提刑院交了銀子出來歸到家中婦人那裡容他住說道你還是那人家哩只當奴害了汗病把這三十兩銀子問你討了藥吃了你趁早與我搬出去罷再遲些時連我這兩間房子尚且不勾你還人這蔣竹山自知存身不住哭哭啼啼忍着兩腿疼自去另尋房兒但是婦人本錢置買的貨物都留下把他原舊的藥材藥碾藥篩箱籠之物即時催他搬去兩個就開交了臨出門婦人還使馮媽媽舀了一錫盆水赶着潑去說道喜得

冤家離眼前當日打發了竹山出門這婦人一心只想着西門慶又打聽得他家中沒事心中甚是後悔每日茶飯慵湌蛾眉懶畫把門倚遍眼兒望穿白盼不見一個人兒來正是

枕上言猶在　　于今恩愛淪
房中人不見　　無語自消魂

不說婦人思想西門慶單表一日玳安騎馬打門首經過看見婦人大門關着藥鋪不開靜落落的歸告訴與西門慶門慶道想必那矮王八打重了在屋裡膗哩會勝也得半個月出不來做買賣遂把這事情丟下了一日八月十五日吳月娘生日家中有許多堂客來在大廳上坐西門慶因與月娘不說話一逕都來院中李桂姐家坐的分付玳安早回馬去罷晚上來接我

旋邀了。應伯爵謝希大兩個來打雙陸。那日桂卿也在家。姐兒兩個在傍。陪侍勸酒良久。都出來院子內投壺頑耍。玳安約至日西時分。勸馬來接西門慶。正在後邊東淨裡出恭。見了玳安。問道家中沒事。玳安道。家中沒事。大廳上坐堂客都散了。家火都收了。止有大妗子與姑奶奶衆人。大娘邀的後邊坐去了。今日獅子街花二娘那裡使了老馮與大娘送生日禮來。四盤羹菓。兩盤壽桃麵。一疋尺頭。又與大娘做了一雙鞋。大娘與了老馮一錢銀子。說爹不在家了。也沒曾請去。西門慶因見玳安臉紅紅的。便問你那裡吃酒來。玳安道。剛纔二娘使馮媽媽叫了小的去。與小的酒吃。我說不吃酒。強說着教小的吃了兩鍾。就臉紅起來。如今二娘到悔過來。對着小的好不哭哩。前日我告

爹說。爹還不信。從那日提刑所出來。就把蔣文蕙打發去了。二
娘甚是後悔。一心還要嫁爹。比舊瘦了好些兒。央及小的好歹
請爹過去。討爹示下。爹若吐了口兒。還教小的回他聲去。西門
慶道。賊賤淫婦。既嫁漢子去罷了。又來纏我怎的。既是如此。我
也不得閑去。你對他說。甚麽下茶下禮。揀個好日子。擡了那淫
婦來罷。玳安道。小的知道了。他那裡還等着。小的去回他話哩。
教平安畫童兒。這裡伺候爹就是了。西門慶道。你去。我知道了。
這玳安出了院門。一面走到李瓶兒那裡。回了婦人話。婦人滿
心歡喜。說道。好哥哥。今日多有累你。對爹說成就了。二娘此事。
于是親自洗手剔甲。廚下整理菜蔬。管待玳安酒飯。說道。你二
娘這裡沒人。明日好歹你來。幫扶天福兒。看着人搬家火過去。

顧了五六付扛。整擡運四五日。西門慶也不對吳月娘說。都堆在新盖的翫花樓上。擇了八月二十日。一頂大轎。一疋段子紅。四對燈籠。派定玳安平安畫童來興。四個跟轎。約後晌時分。方娶婦人過門。婦人打發了兩個丫鬟。教馮媽媽領着先來了。等的回去。方纔上轎。把房子交與馮媽媽。天福兒看守。西門慶那日不往那去。在家新捲棚內。深衣福巾坐的。單等婦人進門。婦人轎子落在大門首半日。沒個人出去迎接。孟玉樓走來上房對月娘說。姐姐你是家主。如今他已是在門首。你不去迎接接見。惹的他爹不怪。他爺在捲棚內坐着。轎子在門首這一日了。沒個人出去。怎麼好進來的。這吳月娘欲待出去接他。心中惱。又不下氣。欲待不出去。又怕西門慶性子。不是好的。沉吟了一回。于是輕移蓮步。款蹙湘裙。出來迎接。婦人抱着寶瓶。逕往他那邊新房裡去了。迎春綉春。兩個丫鬟。又早在房中鋪陳停當。單等西門慶晚夕進房。不想西門慶正因舊惱在心。不進他房去。到次日教他出來。後邊月娘房裡見面。分其大小。排行他是六娘。一般三日擺大酒席。請堂客會親吃酒。只是不往他房裡去。頭一日晚夕。先在潘金蓮房中睡。金蓮道。他是個新人兒纔來了頭一日。你就空了他房。西門慶道。你不知淫婦有些眼裡火。等我奈何他兩日。慢慢進去。到了三日。打發堂客散了。西門慶又不進入他房中。往後邊孟玉樓房裡歇去了。這婦人見漢子。一連三夜不進他房來。到半夜打發兩個丫鬟睡了。飽哭了一場。可憐走在牀上。用脚帶吊頸懸梁自縊。正是連理未諧鴛帳底、冤魂先到九重泉兩個丫鬟睡了一覺醒來見燈光昏暗。起來剔燈。猛見牀上婦人吊着。諕慌了手脚、走出隔壁叫春梅說俺娘上吊哩。慌的金蓮起來。這邊看視。見婦人穿着一身大紅衣服、直挺挺吊在牀上。連忙和春梅把脚帶割斷解救下來。撅了半日。吐了一口精涎。方纔甦醒。即叫春梅後邊快請你爹來。西門慶正在玉樓房中。吃酒還未睡哩。先是玉樓勸西門慶說道你要將他來。一連三日不往他房裡去。惹他心中不反麼。恰似俺每把這庄事。放在頭裡一般。頭上末下。就讓不得這一夜兒西門慶道。待過三日兒我去。你不知道。淫婦有些吃着碗裡看着鍋裡想起來你惱不過。我來曾你漢子死了。相交到如今甚麼話兒沒告訴我。臨了招進蔣太醫去了。我不如那厮。

今日却怎的又尋將我來。玉樓道。你惱的是。他也吃人念了。正說話間。忽聽一片聲打儀門。玉樓使蘭香問。說是春梅來請爹。六娘在房裡上吊哩。慌的玉樓攛掇西門慶不迭。便道。我說教你進他房中走走。你不依。只當弄出事來。于是打着燈籠。走來前邊看覷。落後吳月娘李嬌兒聽見。都起來。到他房中。見金蓮摟着他坐的。說道。五姐。你灌了他些薑湯兒沒有。金蓮道。我救下來時。就灌了些些來了。那婦人只顧喉中哽咽了一回。方哭出聲。月娘眾人一塊石頭纔落地。好好安撫他睡下。各歸房歇息。次日晌午前後。李瓶兒纔吃些些粥湯兒。正是身如五鼓啣山月。命似三更油盡灯。西門慶向李嬌兒眾人說道。你每休信那淫婦。裝死兒號人。我手裡放不過他。到晚夕等我進房裡去。親看着他。上個吊兒我瞧方信。不然吃我一頓好馬鞭子。賊淫婦不知把我當誰哩。衆人見他這般說。都替李瓶兒揑兩把汗。到晚夕見西門慶。袖着馬鞭子。進他房中去了。玉樓金蓮分付春梅把門關了。不許一個人來。都立在角門兒外悄悄聽覷看裡面怎的動靜。且說西門慶見婦人在牀上倒胸着身子哭泣。見他進去。不起身。心中就有幾分不悅。先把兩個丫頭都赶去空房裡住了。西門慶走來椅子上坐下。指着婦人罵道淫婦。你既然虧心。何消來我家上吊。你跟着那矮王八過去便了。誰請你來。我又不曾把人坑了。你甚麼緣何流那毯尿怎的。我自來不曾見人上吊。我今日看着你上個吊兒我瞧。于是拿一繩子丟在他面前。叫婦人上吊。那婦人想起蔣竹山說的話來。說西門慶打老婆的班頭。降婦女的領袖。思量我那世裡晦氣。今日大睜眼。又撞入火炕裡來了。越發煩惱痛哭起來。這西門慶心中大怒。教他下牀來。脫了衣裳跪着。婦人只顧延挨不脫。被西門慶拖番在牀地平上。袖中取出鞭子來。抽了幾鞭子。婦人方纔脫去上下衣裳。戰競競跪在地平上。西門慶坐着。從頭至尾問婦人。我那等對你說過。教你略等等兒。我家中有些事兒。如何不依我。慌忙就嫁了蔣太醫那廝。你嫁了別人。我倒也不惱。那矮王八。有甚麼起解。你把他倒踏進門。去拿本錢與他開鋪子。在我眼皮子根前開鋪子。要撐我的買賣。婦人道。奴不說的。悔也是遲了。只因你一去了不見來。把奴想的心斜了。後邊喬皇親花園裡。常有狐狸。要便半夜三更假名托姓。變做你。來攝奴精髓到天明鷄叫時分就去了你不信只問老馮和兩個丫頭便知端的後來把奴攝的看看至死不久身亡纔請這蔣太醫來看恰吊在麵糊盆内一般乞那厮局騙了說你家中有事上東京去了奴不得已纔幹下這條路誰知這厮砍了頭是個債樁被人打上門來經官動府奴忍氣吞聲丢了幾兩銀子吃奴即時攆出去了西門慶道說你教他寫狀子告我收着你許多東西你如何今日也到我家來了婦人道你麽可是没的說奴那裡有這個話就把身子爛化了西門慶道就筭有如此我也不怕你道說你有錢快轉換漢子我手裡容你不得我實對你說罷了前者打太醫那兩個人是如此如此這般這般使的手段只畧施行計教那厮疾走無門若稍用機關也要連你掛了到

官。弄到一個田地。婦人道。奴知道是你使的計兒還是你可憐見。奴若弄到那無人烟之處。就是死罷了。看看說的西門慶怒氣消下些來了。又問道淫婦。你過來我問你。我比蔣太醫那廝誰強。婦人道。他拿甚麼來比你。你是個天。他是塊磚。你在三十三天之上。他在九十凡地之下。休說你仗義疎財。敲金擊玉。伶牙俐齒。穿羅着錦。行三坐五。這等爲人上之人。自你每日吃用稀奇之物。他在世幾百年。還沒曾看見哩。他拿甚麼來比你。你是醫奴的藥一般。一經你手教奴沒日沒夜只是想你。自這一句話。把西門慶歡喜無盡。卽丟了鞭子。用手把婦人拉將起來。穿上衣裳。摟在懷裡。說道我的兒。你說的是。果然這廝他見甚麼碟兒天來大。卽叫春梅快放卓兒。後邊快取酒菜兒來。正是東邊日頭西邊雨。道是無情却有情。畢竟未知後來何如。且聽下回分觧。

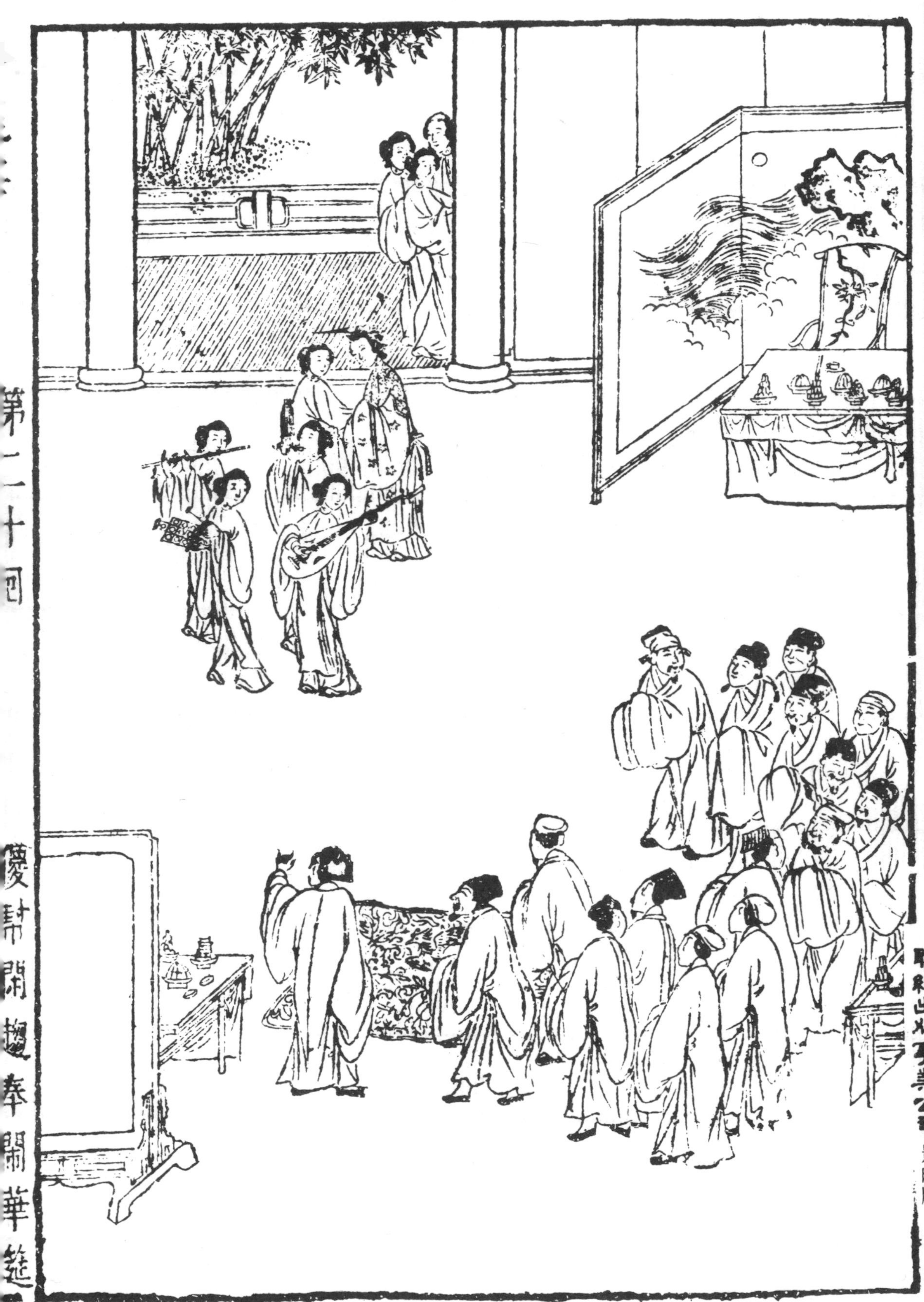

第二十回　傻幫閑趨奉鬧華筵

癡子弟爭鋒毀花院

第二十回

孟玉樓義勸吳月娘　西門慶大鬧麗春院

在世為人保七旬　何勞日夜弄精神
世事到頭終有悔　浮華過眼恐非真
貧窮富貴天之命　得失榮華隙里塵
不如且放開懷樂　莫使蒼然兩鬢侵

話說西門慶在房中。被李瓶兒幾句柔情軟話。感觸的回嗔作喜。拉他起來穿上衣裳。兩個相摟相抱。極盡綢繆。一面令春梅進房放卓兒。往後邊取酒去。且說金蓮和孟玉樓。從西門慶進他房中去。站在角門首。打聽消息。他這邊門又閉着。止是春梅一人在院子裡伺候。金蓮拉玉樓兩個。打門縫兒望裡張覷。只見房中掌着燈燭。裡邊說話。都聽不見。金蓮道。俺不如春梅賊小肉兒。他倒聽得伶俐。那春梅便在窗下。潛聽一回。春梅走過來。金蓮悄問他。房中怎的動靜。這春梅聽了。便隔門告訴與二人。說俺爹怎的教他脫衣裳跪着。他不脫。爹惱了。抽了他幾馬鞭子。金蓮問道。打了他。他脫了不曾。春梅道。他見爹惱了。纔慌了。就脫了衣裳。跪在地平上。爹如今問他話哩。玉樓恐怕西門慶聽見。便道。五姐咱過那邊去罷。拉金蓮來西角門首站立。那時八月二十頭。月色纔上來。站在黑頭裡。金蓮吃瓜子兒。兩個一處說話。等着春梅出來問他話。潘金蓮便向玉樓道。我的姐姐。說好食菓子。一心只要來這裡頭兒。沒動下馬威。討了這幾下。在身上。俺這個好不順臉的貨兒。你着他順順兒。他倒罷了。

屬扭孤兒糖的你扭扭兒也是錢不扭也是錢想着先前乞小婦奴才壓枉造舌我那一行院我陪下十二分小心還乞他奈何的我那等哭哩姐姐你來了幾時還不知他性格哩二人正說話之間少頃只聽開的角門响春梅出來一直逕往後邊走不防他娘站在黑影處吽他問道小肉兒那去那春梅笑着只顧走那金蓮道怪小肉兒你過來我問你話慌走怎的那春梅方纔立住了脚方說如此這般他哭着對俺爹說了許多話說哩爹喜歡抱起他來令他穿上衣裳教我放了卓兒如今往後邊取酒去金蓮聽了便向玉樓說道賊沒廉耻的貨頭裡那等雷聲大雨點小打哩亂哩及到其間也不怎麽的我猜也沒的想管情取了酒來教他遞賊小肉兒沒他房裡丫頭你替他取

酒去到後邊又叫雪娥那小婦奴才。毯聲浪顙我又聽不上春
梅道爹使我管我事。于是笑嘻嘻去了。金蓮道俺的小肉兒正
經使着他死了一般懶待動旦不知怎的聽見幹猫兒頭差事。
鑽頭覓縫幹辦了要去去的那快見他房裡兩個丫頭你替他
走管你腿事賣蘿蔔的跟着鹽担子走好個閒嘈心的小肉兒
玉樓道可不怎的俺大丫頭蘭香我正使他做活兒他想伏賓
只不他爹使他行鬼頭兒聽人的話兒你看他的走的那快正
說着只見玉簫自後邊驀地走來便道三娘還在這裡我來接
你來了玉樓道怪狗肉諕我一跳因問你娘知道你來不曾玉
簫道我打發娘睡下這一日了我來前邊瞧瞧爾纔看見春梅
後邊要酒果去了因問俺爹到他屋裡怎樣個動靜兒金蓮接

過來道。進他屋裡去。尖頭醜婦。磞到毛司墻上。齊頭故事。玉簫
又問玉樓。玉樓便一一告他說。玉簫道。三娘真個教他脫了衣
裳跪着。打了他五馬鞭子來。玉樓道。你爹因他不跪。纔打他。玉
簫道。帶着衣服打來。去了衣裳打來。虧他那瑩白的皮肉兒上
怎麼挨得。玉樓笑道。怪小狗肉兒。你倒替古人耽憂。正說着。只
見春梅和小玉。取了酒菜來。春梅拿着酒。小玉拿着方盒。逕往
李瓶兒那邊去。金蓮道。賊小肉兒。不知怎的。聽見幹恁個勾當
兒。雲端裡老鼠。天生的耗。分付快送了來。教他家丫頭伺候去。
你不要管他。我要使你哩。那春梅笑嘻嘻。同小玉進去了。一面
把酒菜擺在卓上。這春梅和小玉就出來了。只是迎春綉春在
房答應。玉樓金蓮問了他話。玉簫道。三娘咱後邊去罷。二人一

路去了。金蓮教春梅關上角門。歸進房來。獨自宿歇。不在話下。正是可惜團圓今夜月。清光起尺別人圓。不說金蓮獨宿。单表西門慶與李瓶兒兩個相憐相愛。飲酒說話到半夜。方纔被伸翡翠。枕設鴛鴦。上牀就寢。燈光掩映。不啻鏡中之鸞鳳和鳴。香氣薰籠。好似花間之蝴蝶對舞。正是今宵勝把銀釭照。祇恐相逢是夢中。有詞為証。

淡畫眉兒斜插梳。不忻拈弄倩工夫。雲窗霧閣深深許。蕙性
蘭心　神仙標格世間無。從今罷却
相思調。美滿恩情錦不如。

兩個睡到次日飯時。李瓶兒恰待起來臨鏡梳頭。只見迎春後邊拿將來四小碟甜醬瓜茄。細巧菜蔬。一甌頓爛鴿子雛兒。一

甌黃韭乳餅。并醋燒白菜。一碟火燻肉。一碟紅糟鰣魚。兩銀廂甌兒。白生生軟香稻粳米飯兒。兩雙牙筯。婦人先漱了口。陪西門慶吃了上半盞兒。就教迎春。昨日剩的銀壺裡金華酒篩來。拿甌子陪着西門慶。每人吃了兩甌子。方纔洗臉梳粧。一面開箱子打點細軟首飾衣服。與西門慶過目。拿出一百顆西洋珠子。與西門慶看。原是昔日梁中書家帶來之物。又拿出一件金廂鴉青帽頂子。說是過世老公公的。起下來上等子秤四錢八分重。李瓶兒教西門慶拿與銀匠替他做一對墜子。又拿出一頂金絲鬏髻重九兩。因問西門慶。上房他大娘衆人。有這鬏髻沒有。西門慶道。他每銀絲鬏髻倒有兩三頂。只沒編這鬏髻。婦人道。我不好帶出來的。你替我拿到銀匠家毀了。打一件金九

鳳墊根兒每個鳳嘴啣一掛珠兒。剩下的再替我打一件。照依

他大娘正面戴金廂玉觀音。滿池嬌分心。西門慶收了。一面梳

頭洗臉。穿了衣服出門。李瓶兒分付。那邊房子裡沒人。你好歹

過去看看。委付個人兒看守。替了小廝天福兒來家使喚。那老

馮老行貨子啻啻磕磕的。獨自在那裡。我又不放心。西門慶道

你分付我知道了。袖着鬏髻和帽頂子出門。一直往外走。不防

金蓮蓬着頭還未梳洗。站在東角門首叫道。哥你往那去。這咱

纔出來。看雀兒撞見眼。那西門慶道。我有勾當去。婦人道。怪行

貨子。你還來慌走怎的。我和你說話。那西門慶見他叫的緊。只

得回來。被婦人引到房中。婦人便坐在椅子上。把他兩隻手拉

說道。我不好罵出來的。怪火燎腿三寸貨。那個拿長鍋鑊吃了

你慌往外搶的是些甚的你過來我且問你西門慶道罷麼小淫婦兒只顧問甚麼我有勾當哩等我回來說說着往外走婦人摸見他袖子裡重重的道是甚麼拿出來我瞧瞧西門慶道是我的銀子包婦人不信伸手進去袖子裡就掏掏出一頂金絲鬏髻來說道這是他的鬏髻你拿那去西門慶道他問我你每沒有這鬏髻到銀匠家替他毀了打兩件頭面戴金蓮問道這鬏髻多少重他要打甚麼西門慶道這鬏髻重九兩他要打一件九鳳甸兒一件照依上房戴的正面那一件玉觀音滿池嬌分心金蓮道一件九鳳甸兒滿破使了三兩五六錢金子勾了大姐姐那件分心我秤只重一兩六錢把剩下的好歹你替我照依他也打一件九鳳甸兒西門慶道滿池嬌他要揭實枝

梗的。金蓮道。就是揭實枝梗使了三兩金子。滿篡挪着。鬼還落他二三兩金子。勾打個甸兒了。西門慶笑罵道。你這小淫婦兒。单管愛小便益兒。隨處也掐個尖兒。金蓮道。我兒娘說的話。你好歹記着。你不替我打將來。我和你答話。那西門慶袖了髮髻笑着出門。金蓮戲道。哥兒。你幹上了。西門慶道。我怎的幹上了。金蓮道。你既不幹昨日那等雷聲大。雨點小。要打着教他上吊。今日拿出一頂髮髻來使。的你狗油嘴鬼推磨。不怕你不走。西門慶笑道。這小淫婦兒单只管胡說。說着徃外去了。却說吳月娘和孟玉樓。李嬌兒在房中坐的。忽聽見外邊小厮。一片聲尋來旺兒。尋不着。只見平安來掀簾子。月娘便問尋他做甚麼。平安道。爹緊等着哩。月娘半日纔說我使了他有勾當去了。原來月娘早辰分付下他往王姑子庵裡送香油白米去了。平安道：「小的回爹只說娘使了他有勾當去了。」月娘罵道：「怪奴才，隨你怎麽回去。」平安說的不敢言語一聲兒往外走了。月娘便向玉樓衆人說道：「我開口又說我多管，不言語我又憋的慌。一個人也拉刺將來了，那房子賣吊了就是了。平白扯淡搖鈴打鼓的看守甚麽？左右有他家馮媽媽子，在那裡再派一個沒老婆的小厮，晚夕同在那裡上宿睡就是了，怕走了那房子也怎的？作養娘抱巴巴叫來，既兩口子去，自他媳婦子七病八病，一時病倒了在那裡，上牀誰扶持他？」玉樓便道：「姐姐在上，不該我說，你是個一家之主，不爭你與他爹兩個不說話，就是俺每不好張主的，下邊孩子們也沒投奔。他爹這兩日，偏二騙三的，也甚是沒意思看姐姐怎的依俺每一句話兒與他爹笑開了罷月娘道孟三姐你休要起這個意我又不曾和他兩個嚷鬧他平白的使性兒那怕他使的那臉落休想我正眼看他一眼兒他背地對人罵我不賢良的淫婦我怎的不賢良的來如今聳六十個在屋裡纔知道我不賢良自古道順情說好話幹直惹人嫌我當初大說攔你也只為好來你既收了他許多東西又買了房子今日又圖謀他老婆就着官兒也看喬了何况他孝服不滿你不好要他的誰知道人在背地裡把圈套做的成成的每日行茶過水只瞞我一個兒把我合在缸底下今日也推在院裡歇明日也推在院裡歇誰想他只當把個人兒歇了家裡來端的好在院裡歇他自吃人在他根前那等花麗狐哨喬龍畫

虎的兩面刀哄他就是千好萬好了似俺每這等依老實苦口
良言着他理你理兒你倒如今反被爲仇正是前車倒了千千
輛後車倒了亦如然分明指與平川路錯把忠言當惡言你不
理我我想求你一日不少我三頓飯我只當沒漢子守寡在這
屋裡隨我去你每不要管他幾句話說的玉樓眾人訕訕的良
久只見李瓶兒梳粧不扮上穿大紅遍地金對衿羅衫兒翠藍
拖泥粧花羅裙迎春抱着銀湯瓶綉春拿着茶盒走來上房與
月娘眾人遞茶月娘呌小玉安放座兒與他坐落後孫雪娥也
來到都遞了茶一處坐的潘金蓮嘴快便呌道李大姐你過來
與大姐下個禮兒實和你說了罷大姐姐和他爹那些時兩個
不說話因爲你來俺們剛纔替你勸了恁一日你改日安排一

席酒兒。央及央及大姐姐。教他兩個老公婆笑開了罷。李瓶兒
道姐姐分付、奴知道。于是向月娘面前花枝招展。綉帶飄飄。揷
燭也似磕了四個頭、月娘道、李大姐他哄你哩、又道五姐你每
不要來擴掇。我已是賭下誓。就是一百年。也不和他在一答兒
哩。以此衆人再不敢復言。金蓮在傍把拿抿子。與李瓶兒抿頭。
見他頭上戴着一付。金玲瓏草虫兒面、并金累絲松竹梅歲寒
三友梳背兒。因說道李大姐。你不該打這碎草虫頭面、只是有
些抓住了頭髮。不如大姐姐頭上戴的這金觀音滿池嬌。是揭
實枝梗的好。這李瓶兒老實。就說道奴也照樣兒要教銀匠打
恁一件哩。落後小玉。玉簫來根前遞茶。都亂戲他。先是玉簫問
道六娘。你家老公公當初在皇城內那衙門來。李瓶兒道。先在

惜薪司掌廠。御前班直後陞廣南鎮守。玉筲笑道。嗔道你老人家昨日挨的好柴。小玉又道。去年城外落鄉許多里長老人。好不尋你。教你往東京去。婦人不知道。甚麼說道。他尋我怎的。小玉笑道。他說你老人家會告的好水災。玉筲又道。你老人家鄉里媽媽拜千佛。昨日磕頭磕勾了。小玉又說道。朝廷昨日差了四個夜不收。請你老人家往口外和番。端的有這話麼。李瓶兒道。我不知道。小玉笑道。說你老人家會叫的好達達。把玉樓金蓮笑的不了。月娘便道。怪臭肉每。幹你那營生去。只顧徯落他怎的。于是把個李瓶兒羞的臉上一塊紅一塊白。站又站不得。坐又坐不住。半日回房去了。良久。西門慶進房來。回他顧銀匠家打造生活。就與他計較。明日發東。二十五日請官客吃會親酒。少不的拿帖兒請請花大哥。李瓶兒道。他娘子三日來。再三說了。也罷。你請他請罷。李瓶兒又說。那邊房子左右有老馮看守。你這裡再叫一個。和天福兒輪着。晚夕上宿。就是不消教旺官去罷。上房姐姐說。他媳婦兒有病去不的。西門慶道。我不知道。即叫平安近前分付。你和天福兒兩個輪。一遍一日。獅子街房子裡上宿。不在言表。話休饒舌。不覺到二十五日。西門慶家中吃會親酒。插花筵席。四個唱的。一起雜耍步戲。頭一席花大舅。吳大舅。第二席是吳二舅。沈姨夫。第三席應伯爵。謝希大。第四席祝日念。孫天化。第五席常時節。吳典恩。第六席雲離守。白來創。西門慶主位。其餘傅自新。賁地傳。女婿陳經濟。兩邊列位。先是李桂姐。吳銀兒。董玉仙。韓金釧兒。從晌午時分。坐轎子就來了。在月娘上房裡坐的。官客在新盖捲棚內坐的。吃茶然後到齊了。大廳上坐。席上都有卓面。某人居上。某人居下。先吃小割海青捲兒。八寶攢湯。頭一道割燒鵞大下飯。樂人撮弄雜耍回數。就是笑樂院本。下去李銘吳惠兩個小優上來彈唱。間省清吹下去。四個唱的出來。筵外遞酒。應伯爵在席上。先開言說道。今日哥的喜酒。是兄弟不當斗胆。請新嫂子出來拜見拜見。足見親厚之情。俺每不打緊。花太尊親并二位老舅。沈姨丈在上。今日為何來。西門慶道。小妾醜陋。不堪拜見。免了罷。謝希大道。哥。你這話難說。當初已言在先。不為嫂子。俺每怎麽見來。何況這個嫂子。見有我尊親花大哥在上。先做友。後做親。又不同別人。請出來見見。怕怎的。那西門慶笑不動身。應伯爵道。哥

你不要笑。俺每都拿着拜見錢在這裡。不白教他出來見。西門
慶道。你這狗材。单骨胡說。乞他再三逼迫不過。叫過玳安來。教
他後邊說去。半日玳安出來回說。六娘道免了罷。應伯爵道。就
是你這小狗骨禿兒的鬼。你幾時往後邊去。就來哄我。賭幾個
誓。真個我就後邊去了。玳安道。小的莫不哄應二爹。二爹進去
問不是。伯爵道。你量我不敢進去。左右花園中熟景。好不好我
走進去。連你那幾位娘都拉了出來。玳安道。俺家那大㨾廝狗
好不利害。倒沒的把應二爹下半截撕下來。伯爵故意下席。赶
着玳安踢兩脚。笑道。好小狗骨禿兒。你傷的我好。趣早與我後
邊請去。肅不將來。可二十欄杆。把衆人四個唱的都笑了。那玳
安到下邊。又走來立着。把眼看着他爹。不動身。西門慶無法。可

處只得叫過玳安近前分付對你六娘說收拾了出來見見罷那玳安去了半日出來復請了西門慶進去然後纔把脚下人赶出去關上儀門四個唱的都往後邊彈樂器簇擁婦人上拜孟玉樓潘金蓮百方撺掇替他抿頭戴花翠打發他出來廳上又早鋪下錦毡綉毯麝蘭靉靆絲竹和鳴四個唱的導引前行婦人身穿大紅五彩通袖羅袍兒下着金枝線葉沙綠百花裙腰裡束着碧玉女帶腕上籠着金壓袖胸前項牌纓落裙邊環珮玎璫頭上珠翠堆盈鬢畔寶釵半卸紫瑛金環耳邊低掛珠子挑鳳髻上雙插粉面宜貼翠花鈿湘裙越顯紅鴛小恍似嫦娥離月殿猶如神女到筵前四個唱的琵琶箏絃簇擁婦人花枝招颭綉帶飄飄望上朝拜慌的衆人都下席來還禮不迭却

說孟玉樓、潘金蓮、李嬌兒、簇擁着月娘、都在大廳軟壁後聽覷。聽見唱喜得功名完遂、唱到天之配合、一對兒如鸞似鳳、夫共妻直到笑吟吟慶喜、高擎着鳳凰杯、象板銀箏間玉笛、列杯盤水陸排佳會、直至永團圓、世世夫妻根前、金蓮向月娘說道、大姐姐、你聽唱的、小老婆今日不該唱這一套、他做了一對魚水團圓、世世夫妻、把姐姐放到那裡、那月娘雖故好性兒、聽了這兩句、未免有幾分動意、惱在心中、又見應伯爵、謝希大、這夥人見李瓶兒出來上拜、恨不的生出幾個口來、誇奬奉承、說道、我這嫂子、端的寰中少有、蓋世無雙、休說德性溫良、舉止沉重、自這一表人物、普天之下、也尋不出來、那裡有哥這樣大福、俺每今日得見嫂子一面、明日死也得好處、因與玳安兒、快請你娘回房裡。只怕勞動着。倒值了多的。吳月娘衆人聽了。罵扯淡輕嘴的囚根子。不絕良久。李瓶兒下來。四個唱的。見他手裡有錢都亂趨奉着他。娘長娘短。替他拾花翠。疊衣服。無所不至。月娘歸房。甚是悒怏不樂。只見玳安平安接了許多拜錢。也有尺頭衣服并人情禮盤子。盛着。拿到月娘房裡。月娘正眼也不看。罵道。賊囚根子。拿送到前頭就是了。平白拿進我屋裡來做甚麼。玳安道。爹分付拿到娘房裡來。月娘教玉簫接了。掠在牀上去。不一時吳大舅吃了第二道湯飯。走進後邊來見月娘。月娘見他哥進房來。連忙花枝招颭與他哥哥行禮畢坐下。吳大舅道。昨日你嫂子在這裡打攪。又多謝姐夫送了桌面去。到家對我說。你姐夫兩個不說話。我執着要來勸你。不想姐夫。今日請姐

姐你若這等把你從前一塲好都沒了自古痴人畏婦賢女畏
夫三從四德乃婦道之常今後姐姐他行的事你休要攔他料
姐夫他也不肯差了落得你不做好好先生纔顯出你賢德來
月娘道早賢德好來不教人這般憎嫌他有了他富貴的姐姐
把俺這窮官兒家丫頭只當亡故了的筭帳你也不要管他左
右是我隨他把我怎麼的罷賊強人從幾時這等變心來說着
月娘就哭了吳大舅道姐姐你這個就差了你我不是那等人
家快休如此你兩口兒好好的俺每走來也有光輝些勸月娘
一回小玉拿了茶來吃畢茶分付放卓兒留吳大舅房裡吃酒
吳大舅道姐姐沒的說我適纔席上酒飯都吃的飽飽的來看
看姐姐坐了一回只見前邊使小廝來請吳大舅便作辭月娘

出來。當下衆人吃至掌燈以後。就起身散了。那日四個唱的李瓶兒每人都是一方銷金汗巾兒。五錢銀子。歡喜回家自此西門慶一連在瓶兒房裡歇了數夜。別人都罷了。只是潘金蓮惱的要不的。替他唆調吳月娘與李瓶兒合氣。對着李瓶兒又說月娘許多不是說月娘容不的人。李瓶兒尚不知墮他計中。每以姐姐呼之。與他親厚尤密。正是逢人且說三分話未可全抛一片心。西門慶自從娶李瓶兒過門。又兼得了兩三場横財家道營盛外庄内宅煥然一新。米麥陳倉騾馬成群。奴僕成行。把李瓶兒帶來小厮天福兒改名琴童。又買了兩個小厮。一名來安兒一名棋童兒。把金蓮房中春梅上房玉簫李瓶兒房中迎春玉樓房中蘭香一般兒四個丫鬟。衣服首飾粧束出來在前廳西廂房。教李嬌兒兄弟。樂工李銘來家。教演習學彈唱。春梅琵琶。玉簫學箏。迎春學絃子。蘭香學胡琴。每日三茶六飯。管待李銘。一月與他五兩銀子。又打開門面二間。兌出二千兩銀子來。委付夥計賁地傳。開解當舖。女婿經濟只要掌鑰匙。出入尋討。不拘藥材。賁地傳只是寫帳目。秤發貨物。傅夥計便督理生藥解當兩個舖子。看銀色。做買賣。潘金蓮這樓上。堆放生藥。李瓶兒那邊樓上。廂成架子。閣解當庫衣服首飾。古董書畫。玩好之物。一日也當許多銀子出門。陳經濟每日起早睡遲。帶着鑰匙。同夥計查點出入銀錢。收放寫算皆精。西門慶見了。喜歡的要不的。一日在前廳與他同卓兒吃飯。說道。姐夫。你在我家這等會做買賣。就是你父親在東京知道。他也心安。我也得托了常言道。有兒靠兒。無兒靠婿。姐夫是何人。我家姐姐是何人。我若久後沒出。這分兒家當都是你兩口兒的。那陳經濟說道。兒子不幸家遭官事。父母遠離。投在爹娘這裡。蒙爹娘招舉莫大之恩。生死難報。只是兒子年幼。不知好歹。望爹娘躭待便了。豈敢非望。這西門慶聽見他會說話兒。聰明乖覺。越發滿心歡喜。但凡家中大小事務。出入書柬禮帖。都教他寫。但凡人客到。必請他席側相陪。吃茶吃飯。一時也少不的他。誰知這小夥兒綿裡之針。肉裡之刺。常向繡簾窺賈玉。每從綺閣竊韓香。有詩為証。

東牀嬌婿實堪憐　況遇青春美少年
待客每令席側坐　尋常只在便門穿
家前院後明嘲戲　呆裡撒乖暗做奸

空在人前稱半子　從來骨肉不牽連

光陰似箭。日月如梭。又見中秋賞月。忽然菊綻東籬。空中寒雁向南飛。不覺雪花滿地。一日十一月下旬天氣。西門慶在友人常時節家會答飲酒。散的早。未等掌燈時分就起身。同應伯爵謝希大。祝日念三個。並馬而行。剛出了常時節門。只見天上彤雲密布。又早紛紛揚揚。飄下一天雪花兒來。應伯爵便說道。哥。咱這時候就家去。家裡也不收我。每知你許久。不曾進裡邊看看桂姐。今日趁着天氣落雪。只當孟浩然踏雪尋梅。咱望他望去。祝日念道。應二哥說的是。你每風月雨不阻。出二十兩銀子。包錢包着他。你不去。落得他自在。西門慶于是吃三人。你一言。我一句。說的把馬逕往東街勾欄那條路來了。來到了李桂姐家。

已是天氣將晚。只見客位裡掌起燈燭。丫頭正埽地。不迭老媽并李桂卿出來見畢。上面列四張校椅。四人坐下。老虔婆便道。前者桂姐在宅裡來晚了。多有打攪。又多謝六娘賞汗巾花翠西門慶道。那日空過他。我恐怕晚了他每。客人散了。就打發他來了。說着虔婆一面看茶吃了。丫鬟就安放卓兒設放案酒西門慶道。怎麼桂姐不見。虔婆道。桂姐連日在家伺候姐夫。不見姐夫來到。不想今日他五姨媽生日。拿轎子接了。與他五姨媽做生日去了。看官聽說。原來世上。惟有和尚道士。并唱的人家這三行人。不見錢眼不開。嫌貧取富。不說謊調誠也成不的。原來李桂姐。也不曾往五姨家做生日去。近日見西門慶不來。又接了杭州販紬絹的。丁相公兒子丁二官人。號丁雙橋。販了千兩銀子紬絹。在客店裡安下。瞞着他父親來院中敬嫖頭上拿十兩銀子。兩套杭州重絹衣服。請李桂姐。一連歇了兩夜。適纔正和桂姐在房中吃酒。不想西門慶到。老虔婆教桂姐。連忙陪他後邊。第三層一間僻淨小房。那裡坐去了。當下西門慶聽信虔婆之言。便道既是桂姐不在。老媽快看酒來。俺每慢慢等他。這老虔婆。在下邊一力擺掇酒餚菜蔬齊上。須臾堆滿卓席。李桂卿。不免箏排雁柱。歌按新腔。眾人席上猜枚行令。正飲酒在熱鬧處。不防西門慶往後邊更衣去。也是合當有事。忽聽東耳房有人笑聲。西門慶更畢衣。走至窻下偷瞧觀覷。正見李桂兒在房內。陪着一個戴方巾的蠻子飲酒。由不的心頭火起。走到前邊。一手把吃酒卓子掀倒。碟兒盞兒打的粉碎。喝令跟馬的平安玳安。畫童琴童四個小廝上來。不由分說。把李家門窗戶壁。牀帳都打碎了。應伯爵謝希大。祝日念向前拉勸不住。西門慶口口聲聲。只要採出蠻囚來。和粉頭一條繩子墩鎖在門房內。那丁二官兒。又是個小膽之人。外邊嚷鬧起來。諕的藏在裡間牀底下。只叫桂姐救命。桂姐道。呸。好不好。就有媽哩。不妨事。隨他發作怎的。叫嚷。你休要出來。且說老虔婆見西門慶打的不相模樣。不慌不忙。拄拐而出。說了幾句閑話。西門慶心中越怒起來。指着罵道。有滿庭芳爲証。

虔婆你不良。迎新送舊。靠色爲娼。巧言詞將咱。誑說短論長。我在你家使勾有黃金千兩。怎禁賣狗懸羊。我罵你句真伎倆。媚人狐黨。衠一片假心腸。

虔婆亦荅道　官人聽知。你若不來我接下別的。一家兒指望他爲活計。吃飯穿衣。全憑他供柴糴米。沒來由暴叫如雷。你怪俺全無意。不思量自已。不是你憑媒娶的妻。

西門慶聽了。心中越怒。險些不曾把李老媽媽打起來。多虧了應伯爵。謝希大。祝日念。三個死勸。活喇喇拉開了手。西門慶大鬧了一塲。賭誓再不踏他門來。大雪裡上馬回家。正是

宿盡閑花萬萬千　不如歸去伴妻眠
雖然枕上無情趣　睡到天明不要錢

又曰　女不織兮男不耕　全憑賣俏做營生
任君斗量并車載　難滿虔婆無底坑

又曰　假意虛脾恰似眞　花言巧語弄精神

幾多伶俐遭他陷　死後應知拔舌根

畢竟未知後來何如且聽下回分觧

第二十一回

吳月娘掃雪烹茶

應伯爵簪花邀酒

新刻金瓶梅詞話卷之三

第二十一回

吳月娘埽雪烹茶　應伯爵替花勾使

脉脉傷心只自言　好姻緣化惡姻緣
回頭恨罵章臺柳　赧面羞看玉井蓮
只爲春光輕易泄　遂教鸞鳳等閒遷
誰人爲挽天河水　一洗前非共徃愆

話說西門慶。從院中歸家。已一更天氣。到家門首。小廝叫開門。下馬。踏着那亂瓊碎玉。到於後邊儀門首。只見儀門半掩半開。院內悄無人聲。西門慶口中不言。心內暗道。此必有蹺蹊。于是潛身立於儀門內。粉壁前悄悄試聽覷。只見小玉出來。穿廊下放卓兒。原來吳月娘。自從西門慶與他反目。不說話以來。每月吃齋三次。逢七拜斗焚香。夜夜祝禱穹蒼。保佑夫主早早回心。齊理家事。早生一子。以為終身之計。西門慶還不知。只見丫鬟小玉。放畢香卓兒。少頃月娘整衣出房。向天井內滿爐炷了香。望空深深禮拜祝道。妾身吳氏。作配西門。奈因夫主流戀烟花。中年無子。妾等妻妾六人。俱無所出。缺少墳前拜掃之人。妾夙夜憂心。恐無所托。是以瞞着兒夫。發心每逢夜于星月之下。祝讚三光。要祈保佑兒夫早早回心。弃却繁華。齊心家事。不拘妾等六人之中。早見嗣息。以為終身之計。乃妾之素愿也。正是

私出房櫳夜氣清　滿庭香霧月微明

拜天盡訴衷腸事　那怕傍人隔院聽

這西門慶不聽便罷。聽了月娘這一篇言語。口中不言。心內暗道。原來一向我錯惱了他。原來他一篇都為我的心。倒還是正經夫妻。一面從粉壁前叔步走來。抱住月娘。月娘恰燒畢了香。不防是他大雪裡走來。倒諕一跳。就往屋裡走。被西門慶雙關抱住。說道我的姐姐。我西門慶死不曉的。你一片都是為我的。一向錯見了。丟冷了你的心。到今悔之晚矣。月娘道。大雪裡你錯走了門。見了。敢不是這屋裡。你也就差了。我是那不賢良的淫婦。和你有甚情節。那討為你的來。你平白又來理我怎的。咱兩個永世千年休要見面。那西門慶把月娘一手拖進房來。燈前看見他家常穿着。大紅潞紬對衿襖兒。軟黃裙子。頭上戴着貂鼠卧兔兒。金滿池嬌分心。越顯出他粉粧玉琢銀盆臉。蟬髻鴉鬓楚岫雲。那西門慶如何不愛。連忙與月娘根前深深作了個揖。說道我西門慶一時昏昧。不聽你之之良言。辜負你的好意。正是有眼不識荊山玉。拿着頑石一樣看。過後知君子。方纔識好人。千萬作饒恕我則個。月娘道。我又不是你那心上的人兒。凡事投不着你的機會。有甚良言勸你。隨我在這屋裡自生由活。你休要理他。我這屋裡也難擡放你。趂早與我出去。我不着丫頭攆你。西門慶道。我今日平白惹一肚子氣。大雪來家。逕來告訴你。月娘道。作氣不作氣。休對我說。我不管你。望着管的你人去說。那西門慶見月娘臉兒不瞧。一面折跌腿裝矮子跪在地下。殺鷄扯脖。口裡姐姐長姐姐短。月娘看不上。說道你真個恁涎臉涎皮的。我叫丫頭進來。一面叫小玉。那西門慶見玉簫進來。連忙立起來。無計支他出去。說道外邊下雪了。一香卓兒還不收進來罷。小玉道。香卓兒頭裡已收進來了。月娘恐不住笑道。沒羞的貨。丫頭根前也調個謊兒。小玉出去。那西門慶又跪下央及。月娘道。不看世界面上。一百年不理纔好。說畢方纔和他坐的一處。教玉箫來捧茶與他吃了。那西門慶因把今日常家會茶散後。同邀伯爵同到李家。如此這般嚷鬧告訴一遍。我叫小厮打了李家一場。被衆人拉勸開了。賭了誓再不踏院門了。月娘道。你踹不踹不在於我。我是不管你傻才料。你拿晌金白銀包着他。你不去可知他另接了別的漢子。養漢老婆的營生。你拴住他身。拴不住他心。你長拿封皮封着他也怎的。西門慶道。你說的是。於是脫衣。打發丫鬟出去。要與月娘上牀宿歇求歡。月娘道教你上炕就撈定兒吃。今日只容你在我牀上就勾了。要思想別的事却不能勾。那西門慶把那話露將出來。向月娘戲道。都是你氣的他中風不語了。月娘道怎的中風不語。西門慶道。他既不中風不語。如何大睜着眼說不出話來。月娘罵道。好個汗邪的貨。教我有半個眼兒看的上。你西門慶不由分說。把月娘兩隻白生生腿。扛在肩膊上。那話插入牝中。一任其鶯恣蝶採。殢雨尤雲。未肯即休。正是得多少海棠枝上鶯梭急。翡翠梁間燕語頻。不覺到靈犀一點。美愛無加之處。麝蘭半吐。脂香滿唇。西門慶情極。低聲求月娘叫達達。月娘亦低聲幃矖。枕態有余。妍口呼親親不絕。是夜兩人雨意雲情。並頭交頸於帳內。正是意恰尚忘垂繡帶。興狂不管墜金釵。有詩為証。

鬓亂釵橫興已饒　情濃尤復厭通宵
晚來獨向粧臺立　淡淡春山不用描

當晚夫妻幽歡不題。却表次日大清早辰。孟玉樓走到潘金蓮房中。未曾進門。先叫道六丫頭。起來了不曾。春梅道。俺娘纔起來梳頭哩。三娘進屋裡坐。玉樓進來。只見金蓮。正在粧臺前整掠香雲。因說道。我有庄事兒來告訴你。你知道不知。金蓮道。我在這背哈喇子誰曉的。因問端的甚麼事。玉樓道。他爹昨日二更來家。走到上房裡。和吳家的好了。在他房裡歇了一夜。金蓮道。俺每那等勸着他。說一百年。二百年。又和怎的。平白浪擲着自家又好了。又沒人勸他。玉樓道。今早我纔知道。俺大丫頭蘭香。在廚房內聽見小廝每說。昨日他爹和應二。在院裡李桂兒家吃酒。看出淫婦家甚麼破綻。把淫婦每門窗戶壁都打了。大雪裡着惱來家。進儀門。看見上房燒夜香。想必聽見些甚麼話兒。兩個纔到一答裡。丫頭學說兩個說了一夜話。說他爹怎的跪着上房的叫媽媽。上房的又怎的聲喚擺話的。硶死了。相他這等。就沒的話說。若是別人。又不知怎的說浪。金蓮接過來說道。早時與人家做大老婆。還不知怎樣久慣兒牢成。一個燒夜香。只該默默禱祝。誰家一徑倡揚。使漢子知道了。有這個道理。來。又沒人勸。自家暗裡又和漢子好了。硬到底纔好乾淨。假撇清。玉樓道。他不是假撇清。他有心也要和。只是不好說出來的。他說他是風老婆不下氣。倒教俺每做分上。怕俺每久後玷言玷語說他。敢說你兩口子話差也。虧俺每說和。那個因院裡着了氣來家。這個正燒夜香。湊了這個巧兒。正是我親不用媒和証瞎把同心帶結成如今你我這等較論休教他買了乖兒去了。你快梳了頭自過去。和李瓶兒說去。咱兩個人每人出五錢銀子。教李瓶兒拿出一兩來。原爲他麼事起來。今日安排一席酒。一者與他兩個把一杯。二者當家兒只當賞雪耍戲一日。有何不可。金蓮道。你說的是。不知他爹今日有個勾當沒有。玉樓道。大雪裡有甚勾當。我來時兩口子還不見動靜。上房門兒纔開。小玉拿水進去了。這金蓮慌忙梳頭畢。和玉樓同過李瓶兒這邊來。李瓶兒還睡在牀上。迎春說三娘五娘來了。玉樓金蓮進來。說道李大姐好自在。這咱時還睡。懶龍纔伸腰兒。金蓮就舒進手去被窩裡摸見薰被的銀香球。說道李大姐生了彈這裡。撇開被見他一身白肉。那李瓶兒連忙穿衣不迭。玉樓道五姐休鬼混他。李大姐你快起來。俺每有庄事來對你說。如此這般。他爹昨日和大姐姐好了。咱每人五錢銀子。你便多出些兒。當初因爲你起來。今日大雪裡。只當賞雪。咱安排一席酒兒請他爹和大姐姐坐坐兒好不好。李瓶兒道。隨姐姐教我出多少。奴出便了。金蓮道。你將就只出一兩兒罷。你秤出來。俺好往後邊問李嬌兒孫雪娥要去。這李瓶兒一面穿衣纏脚。叫迎春開廂子。拿出銀子。拿了一塊。金蓮上等子秤。重一兩二錢五分。玉樓教金蓮。伴着李瓶兒梳頭。等我往後邊問李嬌兒和孫雪娥要銀子去。金蓮看着李瓶兒梳頭洗面。約一個時辰。見玉樓從後邊來說道。我早知也不幹這個營生。大家的事。相白要他的小淫婦。說我是沒時運的人。漢子再不進我屋裡來。我那討銀子。要着一個錢兒不拿出來。求了半日。只拿出這根銀簪子來。你秤秤重多少。金蓮取過等子來秤。只重三錢七分。因問李嬌兒怎的。玉樓道。李嬌兒初時只說沒有。雖是日逐錢打我手裡使。都是扣數的使多少。交多少。那裡有富餘錢。教我說了半日。你當家還說沒錢。俺每那個是有的。六月日頭沒打你門前過也。怎的。大家的事你不出罷。教我使性子走出來了。他慌了使丫頭叫我回去。纔拿出這銀子與我。沒來由。教我恁惹氣刺刺的。金蓮拿過李嬌兒銀子來。秤了秤。只四錢八分。因罵道好個奸佞的淫婦。隨問怎的綁着鬼。也不與人家足數。好歹短幾分。玉樓道。只許他家拿黃稈等子秤人的。人問他要。只相打骨禿出來一般，不知教人罵多少。一面連玉樓金蓮共湊了三兩一錢。一面使綉春叫了玳安來。金蓮先問他，你昨日跟了你爹去在李家為甚麼着了惱來。玳安悉把在常時節家會茶。起散的早。邀應二爹。和謝爹。同到李家。他鴇子回說不在家。往五姨媽家做生日去了。不想落後。爹淨手到後邊，看見粉頭和一個蠻子吃酒不出來。爹就惱了。不由分說，叫俺衆人。把淫婦家門窗户壁儘力打了一頓，只要把蠻子粉頭墩鎖在門上。多虧應二爹衆人。再三勸住，爹使性步馬回家。路上發狠，到明日還要擺布淫婦哩。金蓮道賊淫婦，我只道蜜罐兒長連拿的牢牢的。如何今日也打了。又問玳安。你爹真個恁說來。玳安道，莫不小的敢哄娘。金蓮道，賊囚根子。他不揪不採。也是你爹的表子。許你罵他想着迎頭兒俺每使着你只推不得閑爹使我往桂姨家送銀子去哩叫的桂姨那甜如今他敗落下來你主子惱了連你也叫起他淫婦來了看我到明日對你爹說不對你爹說玳安道耶嚛五娘這回日頭打西出來從新又護起他家來了莫不爹不在路上罵他淫婦小的敢罵他金蓮道許你爹罵他便了原來也許你罵他玳安道早知五娘麻犯小的小的也不對娘說玉樓便道小囚兒你別要說嘴這裡三兩一錢銀子你快和來興兒替我買東西去如此這般今日俺每請你爹和你大娘賞雪飲酒你將就少落我們些兒罷我教你五娘不告你爹說罷玳安道娘使小的小的敢落錢于是拿了銀子同來興兒買東西去了且說西門慶起來正在上房梳洗只見大雪裡來

興買了雞鵞下飯逕往廚房裡去了玳安便提了一罈金華酒進來便問玉筲小廝的東西是那裡的玉筲回道今日衆娘置酒請爹娘賞雪西門慶道金華酒是那裡的玳安道是三娘與小的銀子買的西門慶道阿呀家裡見放着酒又去買分付玳安拿鑰匙前邊廂房有雙料茉莉酒提兩壜攙着些這酒吃于是在後廳明間內設石崇錦帳圍屏放下軸紙梅花暖簾來炉安獸炭擺列酒筵不一時廚下整理停當李嬌兒孟玉樓潘金蓮李瓶兒來到請西門慶月娘出來當下李嬌兒把盞孟玉樓執壺潘金蓮捧菜李瓶兒陪跪頭一鍾先遞了與西門慶西門慶接酒在手笑道我兒多有起動孝順我老人家長禮兒罷那潘金蓮嘴快插口道好老氣的孩兒誰這裡替你磕頭哩俺每

磕着你你站着楊角用葱靠南墻越發老辣已定還不跪下哩也折你的萬年草料若不是大姐姐帶携你俺每今日與你磕頭子是遞了西門慶賴了鍾兒從新又滿滿斟了一盞請月娘轉上遞與月娘月娘道你每也不和我說誰知你每平白又費這個心玉樓笑道沒甚麽俺每胡亂置了杯水酒兒大雪與你老公婆兩個散悶而已姐姐請坐受俺每一禮兒月娘不肯亦平還下禮去玉樓道姐姐不坐我每也不起來相讓了半日月娘纔受了半禮金蓮戲道對姐姐說過今日姐姐有俺每面上寬恕了他下次再無禮冲撞了姐姐俺每不管他來望西門慶說道你裝憨打勢還在上坐着還不快下來與姐姐遞個鍾兒陪不是哩那西門慶只是笑不動身良久遞畢月娘轉下來令玉簫

執壺亦斟酒與衆姊妹回酒惟孫雪蛾跪着接酒其余都平叙姊妹之情于是西門慶與月娘居上坐其余李嬌兒孟玉樓潘金蓮李瓶兒孫雪蛾并西門大姐都兩邊打橫金蓮便道李大姐你也該梯巳與大姐姐遞杯酒兒當初因爲你的事起來你做了老林怎麼還恁木木的那李瓶兒真個就走下席來要遞酒被西門慶攔住說道你休聽那小淫婦兒他哄你巳是遞過一遍酒罷了遞幾遍兒那李瓶兒方不動了當下春梅迎春玉簫蘭香一般兒四個家樂琵琶箏絃子月琴一面彈唱起來唱了一套南石榴花佳期重會云云　西門慶聽了便問誰教他唱道一套詞來玉簫道是五娘分付唱來西門慶就看着潘金蓮說道你這小淫婦單管胡枝扯葉的金蓮道誰教他唱他來沒

的又來纏我。月娘便道怎的不請陳姐夫來坐坐。一面使小厮
前邊請去。不一時經濟來到。向席上都作了揖。就在大姐下邊
坐了。月娘令小玉安放了鍾筯。合家金爐添獸炭。美酒泛羊羔。
正飲酒來。西門慶把眼觀看簾前。那雪如撏綿扯絮。亂舞梨花
下的大了。端的好雪。但見

初如柳絮。漸似鵝毛。刷刷似數蟹行沙上。紛紛如亂瓊堆砌
間。但行動衣沾六出。頃刻拂滿蜂鬚。似飛還止。龍公試手於
起舞之間。新陽力玉女尚喜於團風之際。襯瑤臺。似玉龍鱗
甲遶空飛。飄粉額。如白鶴羽毛接地落。正是凍合玉樓寒起
粟。光搖銀海燭生花

吳月娘見雪下在粉壁前。太湖石上甚厚。下席來教小玉拿着

茶罐親自掃雪烹江南鳳團雀舌牙茶與衆人吃正是白玉壺中翻碧浪紫金壺內噴清香正吃茶中間只見玳安進來報道李銘來了在前邊伺候西門慶道教他進來不一時李銘朝上向衆人磕下頭去又打了個軟腿兒走在傍邊把兩隻脚兒並立西門慶便道你來得正好往那裡去來李銘道小的沒往那去北邊酒醋門劉公公那裡教了些孩子小的瞧了瞧討掛着爹宅內姐兒每還有幾段唱未合拍來伺候西門慶就將手內吃的那一盞木樨金燈茶遞與他吃說道你吃了休去且唱一套我聽李銘道小的知道一面下邊吃了茶上來把箏絃調定頓開喉音並足朝上唱了一套冬景絳都春寒風布野 云云 唱畢西門慶令李銘近前賞酒與他吃教小玉拿團靶勾頭鷄膝

壺滿斟窩兒酒。傾在銀法郎桃兒鍾內。那李銘跪在地下。滿飲三杯。西門慶又在卓上拿了一碟鼓蓬蓬白麵蒸餅。一碗韮菜酸笋蛤蜊湯。一盤子肥肥的大片水晶鵝。一碟香噴噴曬乾的巴子肉。一碟子柳蒸的勒鮝魚。一碟奶罐子酪酥伴的鴿子雛兒。用盤子托着與李銘。那李銘走到下邊。三扒兩咽吞到肚內。㖭的盤兒乾乾凈凈。用絹兒把嘴兒抹了。走到上邊。把身子直竪竪的靠着槅子站立。西門慶因把昨日桂姐家之事。告訴一遍。李銘道。小的並不知道一字。一向也不過那邊去。論起來不干桂姐事。都是俺三媽幹的營生。爹也別要惱他。等小的見他說他便了。當日飲酒到一更時分。妻妾俱合歡樂。先是陳經濟大姐徑往前邊去了。落後酒闌。西門慶又賞李銘酒。打發出門。

分付你到那邊。休說今日在我這裡。李銘道。爹分付。小的知道。西門慶令左右送他出門。關上大門。于是妻妾各散。西門慶還在月娘上房歇了。有詩為証

赤繩緣分莫疑猜　扊扅夫妻共此懷
魚水相逢從此始　兩情願保百年諧

却說次日雪晴。應伯爵謝希大受了李家燒鵝瓶酒。恐怕西門慶動意擺布他家。敬來邀請西門慶。進裡邊陪禮。月娘早辰梳粧畢。正和西門慶在房中吃餅。只見小廝玳安來說。應二爹和謝爹來了。在前廳上坐着哩。西門慶放下餅。就要往前走。月娘道。兩個勾使鬼。又不知來做甚麼。你亦發吃了出去。教他外頭挨着去。慌的恁沒命的一般。往外走。怎的。大雪裡又不知勾了

那去。西門慶道。你教小廝把餅拿了前邊我和他兩個吃罷。說着。起身往外來。月娘分付。你和他吃了。別要信着。又勾引的往那去了。大雪裡家裡坐着罷。今日孟三姐晚夕上壽哩。西門慶道。我知道。于是與應謝二人相見聲諾。說道。哥昨日着惱家來了。俺每甚是怪他家。從前已往。哥在你家使錢費物。雖故一時不來。你要改了腔兒纔好。許你家粉頭背地偷接蠻子。冤家路兒窄。又被他親眼看見。他怎的不惱。休說哥惱。俺每心裡也看不過。儘力說了他娘兒幾句。他也甚是都沒意思。今日早請了俺兩個到他家。娘兒每哭哭啼啼跪着恐怕你動意。置了一杯水酒兒好歹請你進去陪個不是。西門慶道。我也不動意。我再也不進去了。伯爵道。哥惱有理。但說起來。也不干桂姐事。這個

丁二官兒。原先是他姐姐桂卿的孤老。也沒說要請桂姐。只因
他父親貨船。搭在他鄉里陳監生船上。纔到了不多兩日。這陳
監生號兩淮。乃是秘山省陳參政的兒子。丁二官兒拿了十兩
銀子。在他家擺酒。請陳監生。纔送這銀子來。不想你我到了他
家。就慌了。躲不及。把個蠻子藏在後邊。被你看見了。實告且不曾
和桂姐沾身。今日他娘兒每賭身發咒。磕頭禮拜。央俺二人好
歹請哥到那裡。把這委曲情由。也對哥表出。也把惱解了一半。
西門慶道。我已是對房下賭誓。再也不去。又惱甚麼。你上覆他
家。到不消費心。我家中今日有些小事。委的不得去。慌的二人
一齊跪下。說道。哥甚麼話。不爭你不去。既他央了俺兩個一場。
顯的我每請哥不的。哥去到那裡。略坐坐兒就來也罷。當下二

人死告活央說的西門慶肯了不一時放卓兒留二人吃餅須臾吃畢令玳安取衣服去月娘正和孟玉樓坐着便問玳安你爹要往那去玳安道小的不知爹只教小的取衣服月娘罵道賊囚根子你還瞞着我不說你爹但來晚了都在你身上等我和你答話今日你三娘上壽哩不教他早些來休要那等到那黑天暗地的我自打你這賊囚根子玳安道娘打小的管小的甚事月娘道不知怎的聽見他這老子每來恰似奔命的一般行吃着飯丟下飯碗往外不迭又不知勾引遊魂撞屍撞到多咱纔來那時十一月廿六日就是孟玉樓壽日家中置酒等候不題且說西門慶被兩個邀請到院裡李家又早堂中置了一席齊整酒餚叫了兩個妓女彈唱李桂姐與桂卿兩個打扮迎

接老虔婆出來跪着陪禮姐兒兩個遞酒應伯爵謝希大在傍打諢耍笑說砂磴語兒向桂姐道還虧我把嘴頭上皮也磨了半邊去請了你家漢子來就不用着人兒連酒兒也不替我遞一杯兒自認你家漢子剛纔若他撅了不來休說你哭瞎了你眼唱門詞兒到明日諸人不要你只我好說話兒將就罷了桂姐罵道怪應花子汗邪了你我不好罵出來的可可兒的我唱門詞兒來應伯爵道你看賊小淫婦兒念了經打和尚往後不省人了他不來慌的那腔兒這回就翅膀毛兒乾了你過來且與我個嘴溫溫寒着于是不由分說摟過脖子來就親了個嘴桂姐笑道怪攮刀子的看推撒了酒在爹身上伯爵道小淫婦兒會喬張致的這回就疼漢子看撒了爹身上酒叫的爹那甜

我是後娘養的怎的不叫我。一聲兒。桂姐道。我叫你是我的孩子兒。伯爵道。你過來。我說個笑話兒你聽。一個螃蠏與。田鷄結爲弟兄賭跳。過水溝兒去。便是大哥。田鷄幾跳跳過去了。螃蠏方欲跳。撞遇兩個女子來汲水。用草繩兒把他拴住。打了水帶回家去。臨行忘記了。不將去。田鷄見他不來。過來看他。說道。你怎的就不過去了。蠏云。我過的去。倒不吃兩個小淫婦捩的恁樣了。于是兩個一齊赶着打。把西門慶笑的要不的。不說這裡花攢錦簇。調笑頑耍不題。且說家中吳月娘。一者置酒回席。二者又是玉樓上壽。吳大妗。楊姑娘并兩個姑子。都在上房裡坐的。看看等到日落時分。不見西門慶來家。急的月娘要不的。只見金蓮拉着李瓶兒。笑嘻嘻向月娘說道。大姐姐。他這咱不來俺每從門首瞧他瞧去。月娘道。耐煩瞧他怎的。金蓮又拉玉樓說咱三個打夥兒走走去。玉樓道我這裡聽大師父說笑話兒哩。等聽這個說了笑話兒咱去。那金蓮方住了脚。圍着兩個姑子聽說笑話兒哩。說俺每只好葷笑話兒。素的休要打發出來。月娘道。你每由他說。別要搜求他。金蓮道。大姐姐你不知大師父會好說笑話兒。前者那一遭來。俺每在後邊奈何着他說了好些笑話兒。因說道。大師父你有快些說。那王姑子不慌不忙坐在炕上說。一個人走至中途。撞見一個老虎要吃他。此人云。望你饒我一命。家中止有八十歲老母。無人養活。不然向我家去。有一猪與你吃罷。那老虎果饒他隨他到家。與母說。母正磨豆腐。捨不的那猪。對兒子把幾塊豆腐與他吃罷。兒子云。娘娘。

你不知他平日不吃素的金蓮道這個不好俺每耳朶內不好
聽素只好聽葷的王姑子又道一家三個媳婦兒與公公上壽
先該大媳婦遞酒說公公好相一員官公公云我如何相官媳
婦云坐在上面家中大小都怕你如何不相官次該二媳婦上
來遞酒說公公相虎威皂隸公公曰我如何相虎威皂隸媳婦
云你喝一聲家中大小都吃一驚怎不相皂隸公公道你說的
我好該第三媳婦遞酒上來說公公也不相官也不相皂隸公
公道却相甚麼媳婦道公公相個外郎公公道我如何相外郎
媳婦云不相外郎如何六房裡都串到把衆人都笑了金蓮道
好秃子把俺每都說在裡頭那個外郎敢恁大胆許他在各房
裡串俺每就打斷他那狗秃的下截來說罷金蓮玉樓李瓶兒

同來到前邊大門首。瞧西門慶不見。到玉樓問道。今日他爹大雪裡不在家。那裡去了。金蓮道。我猜他已定往院中李桂兒那淫婦家去了。玉樓道。他打了一場和他惱了。賭了誓。再不去了。如何又去。咱每賭甚麼。管情不在他家。金蓮道。李大姐做証見。你敢和我拍手麼。我說今日往他家去了。前日打了淫婦家。昨日李銘那王八先來打探子兒。今日應二和姓謝的。大清早辰。勾使鬼走來勾了他去了。我猜老虔婆和淫婦鋪謀定計。叫了去。不知怎的撮弄陪着。不是。還要回爐復帳。不知涎纏到多咱時候。有個來的成來不成。大姐姐還只顧等着他。玉樓道。就不來。小廝他該來家回一聲兒。正說着。只見賣瓜子的過來。兩個且在門首買瓜子兒磕。忽見西門慶從東來了。三個往後跑不迭西門慶在馬上教玳安先頭裡走你瞧是誰在大門首玳安走了兩步說道是三娘五娘六娘在門首買瓜子哩良久西門慶到家下馬進入後邊儀門首玉樓李瓶兒先去上房報月娘去了獨有金蓮藏在粉壁背後黑影裡西門慶撞見諕了一跳說道怪小淫婦兒猛可諕我一跳你每在門首做甚麼來金蓮道你還敢說哩你在那裡這時纔來教娘每只顧在門首等着你良久西門慶在房中月娘安酒餚端端整整擺在卓上教玉簫執壺大姐遞酒先遞了西門慶酒然後衆姊妹都遞酒完了安席坐下春梅迎春下邊彈唱吃了一回都收下去從新擺上玉樓上壽的菓并四十樣細巧各樣的菓碟兒上來壺斟美醞盞泛流霞讓吳大妗子上坐吃到起更時分大妗子吃不多酒

歸後邊去了。止是吳月娘同衆姊妹陪西門慶擲骰猜枚行令。輪到月娘根前。月娘道。既要我行令。照依牌譜上飲酒。一個牌兒名。兩個骨牌。合西廂一句。月娘先說個擲個六娘子。醉楊妃落了八珠環。遊絲兒抓住荼蘼架。不犯。該西門慶擲。我虞美人見楚漢爭鋒。傷了正馬軍。只聽見耳邊金鼓連天震。果然是個正馬軍。吃了一杯。該李嬌兒說。水仙子。因二士入桃源。驚散了花開蝶滿枝。只做了落紅滿地胭脂冷。不遇。次該金蓮擲說道鮑老兒。臨老入花叢。壞了三綱五常。問他個非奸做賊拿。果然是個三綱五常。吃了一杯酒。輪該李瓶兒擲。說端正好。搭梯望月。等到春分晝夜停。那時節隔墻兒險化做望夫山。不遇。該孫雪娥說。麻郎兒。見羣鴉打鳳。絆住了折脚雁。好教我兩下裡做人難。不遇。落後該玉樓完令。說道。念奴嬌醉扶定四紅沉。拖着錦裙襴。得多少春風夜月銷金帳。正擲了四紅沉。月娘滿令小玉斟酒。與你三娘吃。說道。你吃三大杯纔好。今晚你該伴新郎宿歇。因對李嬌兒金蓮。衆人說。吃畢酒。咱送他兩個歸房去。金蓮道。姐姐嚴令。豈敢不依。把玉樓羞的要不的。少頃酒闌。月娘等相送西門慶到玉樓房門首方回。玉樓讓衆人坐。都不坐。金蓮便戲玉樓道。我兒兩口兒好好睡罷。你娘明日來看你。休要淘氣。因向月娘道。親家孩兒小哩。看我面上。凡事躭待些兒罷。玉樓道。六丫頭你老米醋挨着做。我明日和你答話。金蓮道。我媒人婆。上樓子。老娘好耐驚耐怕兒。玉樓道。我的兒你再坐回兒不是。金蓮道。俺每是外四家兒的門兒的外頭的人家。於是和李瓶兒西門大姐。一路去了。倒走到儀門首。不想李瓶兒被地滑了一交。這金蓮遂惟喬叫起來。說道。這個李大姐。只相個瞎子。行動一磨趄子就倒了。我搊你去。倒把我一隻脚踩在雪裡。把人的鞋也踹泥了。月娘聽見說道。就是儀門首。那堆子雪。我分付了小厮兩遍。賊奴才。白不肯掃。只當還滑倒了。因叫小玉。你打個燈籠。送送五娘六娘去。西門慶在房裡向玉樓道。你看賊小淫婦兒。踹在泥裡。把人絆了一交。他還說人踹泥了他的鞋。恰是那一個兒就沒些些嘴抹兒。恁一個小淫婦。昨日教丫頭每平白唱佳期重會。我就猜是他幹的營生。玉樓道。佳期重會。是怎的說。西門慶道。他說吳家的不是正經相會。是私下相會。恰似燒夜香有意等着我一般。玉樓道。六姐他諸般曲兒倒

都知道俺每却不曉的。西門慶道、你不知這淫婦。单管咬群兒
不說西門慶在玉樓房中宿歇不題单表潘金蓮李瓶兒、两個
走着說話、行叫李大姐花大姐一路兒走到儀門、大姐便歸前
邊廂房中去了。小玉打着燈籠送二人到花園內。金蓮已帶半
酣、接着李瓶兒二娘、我今日有酒了、你好歹送到我房裡李瓶
兒道姐姐你不醉須臾送到金蓮房內打發小玉回後邊留李
瓶兒坐吃茶、金蓮又道你說你那咱不得來。虧了誰誰想今日
咱姊妹在一個跐板兒上走不知替你頂了多少瞎缸教人背
地好不說我奴只行好心自有天知道罷了、李瓶兒道奴知道
姐姐費心、恩當重報、不敢有忘、金蓮道得你知道纔說話了。不
一時春梅拿茶來吃了、李瓶兒告辭歸房金蓮獨自歇宿不在

話下。正是若得始終無悔吝。纔生枝節便多端。畢竟未知後來何如。且聽下回分解。

第二十二回　蕙蓮兒偷期蒙愛

春梅姐正色閑邪

第二十二回

西門慶私淫來旺婦　春梅正色罵李銘

巧厭多勞拙厭閒　善嫌懦弱惡嫌頑
富遭嫉妬貧遭辱　勤怕貪圖儉怕慳
觸事不分皆笑拙　見機而作又疑奸
思量那件合人意　爲人難做做人難

話說次日有吳大妗子。楊姑娘。潘姥姥。衆堂客。都來與孟玉樓做生日。月娘在後廳與衆客飲酒。倒也罷了。其中惹出一件事來。那來旺兒因他媳婦自家癆病死了。月娘新近與他娶了一房媳婦。娘家姓宋。乃是賣棺材宋仁的女兒。當先賣在蔡通判家房裡使喚。後因壞了事出來。嫁與廚役蔣聰爲妻小。這蔣聰常在西門慶家做活答應。來旺兒早晚到蔣聰家叫蔣聰去。看見這個老婆。兩個吃酒刮言。就把這個老婆刮上了。一日不想這蔣聰因和一般廚役分財不均。酒醉厮打。動起刀杖來。把蔣聰戳死在地。那人便越墻逃走了。老婆央來旺兒對西門慶說了。替他拿帖兒縣裡和縣丞說。差人捉住正犯。問成死罪。抵了蔣聰命。後來。來旺兒哄月娘。只說是小人家媳婦兒。會做針指。月娘使了五兩銀子。兩套衣服。四疋青紅布。并簪環之類。要與他爲妻。月娘因他叫金蓮不好稱呼。遂改名蕙蓮。這個老婆屬馬的。小金蓮兩歲。今年二十四歲了。生的黃白淨面。身子兒不肥不瘦。模樣兒不短不長。比金蓮脚還小些兒。性明敏善機變會粧飾。龍江虎浪。就是嘲漢子的班頭。壞家的領袖。若說他底本事他也曾。

斜倚門兒立　人來倒目隨　托腮并咬指　無故整衣裳

坐立隨搖腿　無人曲唱低　開窻推户牖　停針不語時

未言先欲笑　必定與人私

初來時同衆家人媳婦上竈。還沒甚麼粧飾。猶不作在意裡。後過了一個月有餘。看了玉樓金蓮衆人打扮。他把鬏髻墊的高高的。梳的虛籠籠的頭髮。把水鬢描的長長的。在上邊遞茶遞水。被西門慶睃在眼裡。一日設了條計策。教來旺兒押了五百兩銀子。往杭州替蔡太師。製造慶賀生辰錦綉蟒衣。并家中穿的四季衣服。往回也有半年期程。約從十一月半頭。搭在旱路車上。起身去了。西門慶安心。早晚要調戲他這老婆。不期到此正值孟玉樓生日。月娘和衆堂客在後廳吃酒。西門慶那日在家沒往那去。月娘分付玉簫房中。另放卓兒、打發酒菜湯飯點心你爹吃。西門慶因打簾內看見。惠蓮身上穿着紅紬對衿襖、紫絹裙子。在席上斟酒。故意問玉簫。那個穿紅襖的是誰。玉簫回道。是新娶的來旺兒的媳婦子惠蓮。西門慶道。這媳婦子、怎的紅襖、配着紫裙子、怪模怪樣。到明日對你娘說、另與他一條別的顏色裙子配着穿。玉簫道、這紫裙子。還是問我借的裙子。說了就罷了。須臾過了玉樓生日。一日月娘往對門喬大戶家吃生日酒去了。約後晌時分。西門慶從外來家。已有酒了。走到儀門首。這惠蓮正往外走。兩個撞了滿懷。西門慶便一手摟過脖子來。就親了個嘴。口中喃喃吶吶說道。我的兒。你若依了我。

頭面衣服隨你揀着用那老婆一聲兒沒言語推開西門慶手。一直往前走了西門慶歸到上房叫玉簫送了一疋藍段子到他屋裡如此這般對他說爹昨日見你酒席上斟酒穿着紅襖配着紫裙子怪模怪樣的不好看說這紫裙子還是問我借的。爹纔開厨櫃拿了這疋段子使我送與你教你做裙子穿這惠蓮開看却是一疋翠藍四季團花兼喜相逢段子說道我做出來。娘若見了問怎了玉簫道爹到明日還對娘說你放心爹說來你若依了這件事隨你要甚麼爹與你買今日赶娘不在家要和你會會兒你心下何如那老婆聽了微笑而不言因問爹多咱時分來我好在屋裡伺候玉簫道爹說小廝每看着不好進你這屋裡來的教你悄悄往山子底下洞兒裡那裡無人堪可一會兒。老婆道。只怕五娘六娘知道了、不好意思的。玉簫道。三娘和五娘。都在六娘屋裡下棋。你去不妨事。當下約會已定。玉簫走來回西門慶說話。兩個都往山子底下成事。玉簫在門首與他觀風。却不想金蓮玉樓都在李瓶兒房裡下棋。只見小鸞來請玉樓。說爹來家了。三人就散了。玉樓回後邊去了。金蓮走到房中勻了臉。亦往後邊來。走入儀門。只見小玉立上房門首。金蓮問。你爹在屋裡。小玉搖手兒往前指。這金蓮就知其意。走到前邊山子角門首。只見玉簫攔着門。金蓮只猜玉簫和西門慶在此私狎。便頂進去。玉簫慌了。說道五娘休進去。爹在裡面有勾當哩。金蓮罵道怪狗肉。我又怕你爹了。不由分說進入花園裡來。各處尋了一遍。走到藏春塢山子洞兒裡。只見他兩個人在裡面纔了事。老婆聽見有人來。連忙繫上裙子往外走。看見金蓮把臉通紅了。金蓮問道。賊臭肉。你在這裡做甚麼。老婆道。我來叫畫童兒來。看着一溜烟走了。金蓮進來看見西門慶在裡邊繫褲子。罵道。賊沒廉耻的貨。你和奴淫婦大白日裡在這裡端的幹的勾當兒。剛纔我打與那淫婦兩個耳子纔好。不想他往外走了。原來你就是畫童兒。他來尋你。你與我實說。和這淫婦偷了幾遭。若不實說。等住回大姐姐來家。看我說不說。我若不把奴才淫婦臉打的脹猪也不筭。俺每閒的聲喚在這裡來。你來也。插上一把子。老娘眼裡却放不過。西門慶笑道。惟小淫婦兒悄悄兒罷休。要嚷的人知道。我實對你說。如此這般。連今日纔一遭。金蓮道。一遭二遭。我不信你。既要這奴才淫婦兩個瞞神諕鬼。弄刺子兒。我打聽出來。休怪了我。却和你每答話。那西門慶笑的出去了。金蓮到後邊。聽見衆丫頭每說。爹來家。使玉簫手巾裹着一疋藍段子。往前邊去。不知與誰。金蓮就知是與來旺兒媳婦子的。對玉樓亦不題起此事。這老婆每日在那邊。或替他造湯飯。或替他做針指鞋脚。或跟着李瓶兒下棋。常賊乖趨附金蓮。被西門慶撞在一處無人。教他兩個苟合。圖漢子喜歡。惠蓮自從和西門慶私通之後。背地不筭。與他衣服汗巾。首飾香茶之類。只銀子成兩家帶在身邊。在門首買花翠胭粉。漸漸顯露。打扮的比往日不同。西門慶又對月娘說。他做的好湯水。不教他上大竈。只教他和玉簫兩個。在月娘房裡後邊小竈上。專頓茶水。整理菜蔬。打發月娘房裡吃飯。與月娘做針指。不必細說。看官聽說。凡家主切不可與奴僕幷家人之婦苟且私狎。久後必紊亂上下。竊弄奸欺。敗壞風俗。殆不可制。有詩為証。

西門貪色失尊卑　群妾爭妍競莫疑
何事月娘欺不在　暗通僕婦亂倫彝

一日臘月初八日。西門慶早起。約下應伯爵。與大街坊尚推官家送殯。教小廝馬也備下兩疋。等伯爵白不見到。一面李銘來了教唱。春梅等四人彈唱。西門慶正在大廳上圍爐坐的。教春梅玉簫蘭香迎春。一般兒四個。都打扮出來。看着李銘指撥教演他彈唱。女婿陳經濟在傍陪着說話。正唱三弄梅花。還未了。只見伯爵來。應寶跟着。夾着氈包進門。那春梅等四個。就要往後走。被西門慶喝住。說道左右是你應二爹。都來見見罷。躲怎的。與伯爵兩個。相見作揖。纔待坐下。西門慶令四個過來。與應二爹磕頭。那春梅等朝上磕頭下去。慌的伯爵還喏不迭。誇道誰似哥好有福。出落的恁四個好姐姐。水葱兒的一般。一個賽一個。却怎生好。你應二爹。今日素手。促忙促急。沒曾帶的甚麽在身邊。改日送胭粉錢來罷。少頃春梅等四人。見了禮進去了。陳經濟向前作揖。一同坐下。西門慶道你如何今日這咱纔來。應伯爵道。不好告訴你的、大小女。病了一向。近日纔教好些。房下記掛着。今日接了他家來。散心住兩日。亂着旋教應保。叫了轎子。買了些東西在家。我纔來了。遲了一步見西門慶道。教我只顧等着。你咱吃了粥好去了。隨即一面分付小厮後邊看粥。

來吃。只是李銘見伯爵。打了半跪。伯爵道。李自新一向不見你
李銘道。小的有。連日小的在北邊徐公公那裡答應兩日。來爹
宅裡伺候說着。兩個小廝。放卓兒拿粥來吃。就是四個鹹食。十
樣小菜兒四碗頓爛。一碗蹄子。一碗鴿子雛兒。一碗春不老蒸
乳餅。一碗餛飩雞兒。銀廂甌兒。粳米投着各樣榛松栗子果仁
梅桂。白糖粥兒西門慶陪應伯爵陳經濟吃了。就拿小銀鍾篩
金華酒每人吃了三杯。壺裡還剩下上半壺酒。分付小廝畫童
兒連卓兒擡下去廂房內與李銘吃。就穿衣服起身同應伯爵
並馬相行。與尚推官送殯去了。只落下李銘在西廂房吃畢酒
飯。那月娘房裡玉筲。和蘭香衆人。打發西門慶出了門。在廂房
內亂廝有成一塊。一回都徃對過東廂房。西門大姐房裡掴混

去了。止落下春梅一個。和李銘在這邊。教演琵琶。李銘也有酒了。春梅袖口子寬。把手兆住了。李銘把他手拿起。畧按重了些。被春梅恠叫起來。罵道好賊王八。你怎的撚我的手調戲我。賊少死的王八。你還不知道。我是誰哩。一日好酒好肉。越發養活的那王八靈聖兒出來了。平白撚我手的來了。賊王八你錯下這個鍬撅了。你問聲兒去。我手裡你來弄鬼。等來家等我說了。把你這賊王八。一條棍攆的離門離戶。沒你這王八。學不成唱了。愁本司三院。尋不出王八來。撅臭了你這王八了。被他千王八萬王八罵的李銘。拿着衣服往外。金命水命走投無命。正是兩手劈開生死路。翻身跳出是非門。李銘諕的往外走了。春梅氣狠狠直罵進後邊來。金蓮正和孟玉樓。李瓶兒并宋惠蓮在房裡下棋。只聽見春梅。從外罵將來。金蓮便問道。賊小肉兒。你罵誰哩。誰惹你來。氣的春梅道。情知是誰。叵耐李銘那王八。爹臨去。好意分付小厮。留下一卓菜。并粳米粥兒。與他吃。也有王胥他每。你推我。我打你。頑成一塊。對着王八。呲牙露嘴的。狂的有些褶兒。也怎的頑了一回。都往大姐那邊廂房裡去了。王八見無人。儘力向我手上捻了一下。吃的醉醉的。看着我嗤嗤待笑。我饒了他。那王八見我嘍喝罵起來。他就即夾着衣裳。往外走了。剛纔打與賊王八兩個耳刮子纔好。賊王八。你也看個人兒行事。我不是那不三不四的那皮行貨。教你這王八。在我手裡弄鬼。我把王八臉。打綠了。金蓮道。怪小肉兒。學不學。沒要緊。把臉兒氣的黃黃的。等爹來家說了。把賊王八攆了去就是了。那裡緊等着供唱撰錢哩。也怎的教王八調戲我這丫頭。我知道賊王八。業罐子滿了。春梅道。他就倒運着。量二娘的兄弟。那怕他二娘。莫不挨他打我五棍兒。也怎的。宋惠蓮道。論起來。你是樂工。在人家教唱。也不該調戲良人家女子。照顧你一個錢。也是養身父母。休說一日三茶六飯兒。扶持着。金蓮道。扶侍着。廝了還要錢兒去了。按月兒一個月。與他五兩銀子。賊王八。也錯上了墳。你問聲家裡。這些小厮每。那個敢望着他雌牙笑一笑兒。吊個嘴兒。遇喜歡。罵兩句。若不喜歡。拉倒他。王子根前。就是打着。緊把他的打的眼直直的。看不出。他來賊王八。造化低。你惹他生姜。你還沒曾經着他辣手。因向春梅道。沒見你。你爹去了。你進來。便罷了。平白只顧和他那廂房裡做甚麼。却教那王

八調戲你。春梅道。都是玉簫和他每只顧頑。笑成一塊。不肯進
來。玉樓道。他三個如今還在那屋裡。春梅道。都往對過大姐房
裡去了。玉樓道。等我瞧瞧去。那玉樓起身去了。良久李瓶兒亦
回房。使繡春叫迎春去。至晚西門慶來家。金蓮一五一十。告訴
西門慶。門慶分付來興兒。今後休放進李銘來走動。自此遂斷
了路兒。不敢上門。這李銘正是從前作過事。沒與一齊來。有詩
為証。

習教歌妓逞家豪。每日閑庭弄錦槽。
不意李銘遭譴斥。春梅聲價競天高。

畢竟未知後來何如。且聽下回分解。

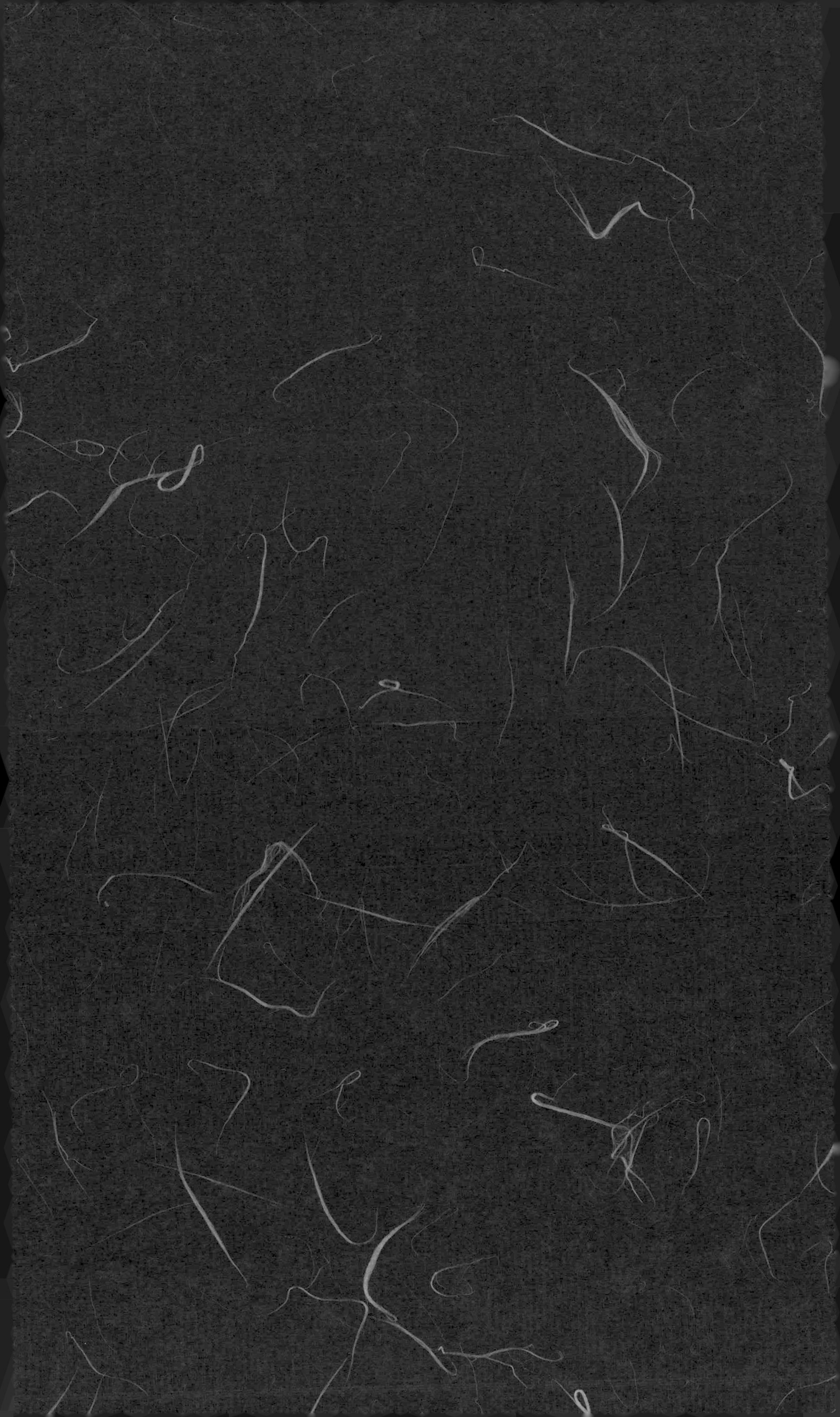